텅스텐

El tungsteno

César Vallejo 지음
김성욱 옮김

텅스텐 El Tungsteno

ⓒ별밭 (Compostela) 출판사, ⓒ김성욱, 2025

- 펴냄   : 2025년 2월 10일
- 지은이 : 세사르 바예호 (César Vallejo)
- 옮긴이 : 김성욱
- 펴낸 곳 : 별밭 (Compostela) 출판사
- 출판등록 : 제2022-000034호
- 전화   : 050-7888-0224
- 블로그 : 네이버, 별밭 Compostela
- 이메일 : compostela-libros@outlook.com
- ISBN   : 979-11-989971-0-4 (03870)

- 가격 : 12,000원

* 저작권법에 따라 보호받는 이 저작물의 무단전재와 복제를 금하며, 이 책 내용의 전체 또는 일부를 사용하려면 사전에 옮긴이와 별밭 (Compostela) 출판사의 서면 동의를 받아야 합니다.

파손된 책은 구매하신 곳에서 바꾸어 드립니다.

착취와 식민지 정책에 기반을 둔 자본주의와 그의 앞잡이로 나서서 자국 원주민을 억압하고 탄압하는 세력의 민낯

• 알리는 글 •

* 뜻풀이

본 《텅스텐》에 실린 뜻풀이는 옮긴이가 달았고 *로 표시되었으며 본문의 뒤에 가나다순으로 실었다.

* 외래어 표기법 관련하여

우리말에 된소리가 엄연히 존재하며 일상에서 널리 사용되고, 이 소리가 에스빠냐어 발음을 온전히 반영하거니와 우리글로 완벽하게 표기할 수 있음에도 사용을 구태여 허용치 않는 타당한 이유가 설명된 바 없기에 그 규칙을 따르기 어렵다. 아울러 외래어 자음이 우리말의 '받침' 역할을 할 때 ㄱ, ㅂ, ㅅ 으로 획일적으로 처리하는 현행 방식도 따르지 않았다.

그러나, '아르헨띠나'가 아니라 '아르헨티나'처럼 관행에 밀려 후자로 표기할 수밖에 없는 부분도 있었다.

* 표현의 어색한 점 관련하여

근대시대이지만 식민지 시절과 다름없는 사회 분위기 그리고 원주민이 에스빠냐어 문맹이며 여전히 소외된 존재라는 요소를 원서에 담은 지은이의 의도를 온전히 전하고자 화자의 말이 어법에 맞지 않아도 그대로 옮겼다.

• 지은이 및 작품 소개 •

세사르 바예호 (César Vallejo 1892-1938)는 20세기 에스빠냐어 문학을 대표하는 페루 시인, 작가이자 기자이다. 초현실주의와 표현주의 등 다양한 스타일을 경험한 그의 작품에는 혁신, 복합성 그리고 사회 비판이라는 요소가 두드러지고 빈곤, 불평등 그리고 억압을 종종 주제로 다룬다. 《텅스텐 El Tungsteno》, 《Trilce》, 《Paco Yunque》, 《Los Heraldos Negros》, 《Poemas Humanos》, 《El Arte y la Revolución》을 그의 대표작으로 꼽을 수 있다.

시(詩)와 더불어 소설, 수필 그리고 극본 작가이기도 한 그의 작품은 라틴아메리카 문학에 전위파 예술(avant-garde)의 영향을 끼친 것으로 평가받는다. 시, 질병 그리고 정치적 핍박 속에 흘러간 그의 삶은 1938년 향년 46세로 프랑스 파리에서 막을 내린다.

《텅스텐》의 원작인 《El Tungsteno》는 1931년에 처음으로 출간되었고 20세기 초반 페루 고원의 원주민을 상대로 저지른 미국 광산업 회사의 착취와 탄압을 강력하게 그려 낸 작품이다. 아울러 환경파괴 및 오염 같은 광산업의 어두운 면도 빠지지 않았다. 궁극적으로 착취와 식민지 정책에 기반을 둔 자본주의가 당시 페루에 퍼뜨린 잔혹한 현실을 날카롭고 단호하게 비판하는 선을 넘어 고발한다. 이러한 면에서 바예호는 《텅스텐》을 통하여 단지 좀 더 공평하고 정의로운 사회를 추구하는 차원을 초월하여 문학을 사회 비판과 변화를 촉구하는 도구로 사용하였다고 볼 수 있다.

당시 평론가들은 《텅스텐》의 구조와 기법을 높이 사며 라틴아메리카 문학의 획기적인 작품이라고 보았다. 작품에 스며있는 상징주의, 혁신적인 서술, 짙은 형상화 같은 요소 등등이 읽는 이에게 깊고 지속적인 감명을 일으킨다.

차 례

- 알리는 글   4
- 지은이 및 작품 소개   5

  ◦ 1장   9
  ◦ 2장   67
  ◦ 3장   149

- 뜻풀이   169

1장

 드디어 기다리던 "꾸스꼬 주(州)의 끼빌까 광산을 손에 넣은 미국 Mining Society 사(社)의 뉴욕 경영진은 곧바로 채굴 작업에 돌입하라는 지시를 내렸다.
 "꼴까와 주변 지역의 광부와 일꾼들이 끼빌까 광산으로 몰리기 시작하였고, 광산 채굴 작업 그리고 정착하는 데 필요한 인력과 물자의 대이동이 잇따랐다. 문제의 광산 주변 마을들은 말할 나위도 없거니와, 반경

75킬로미터 이내에서도 노동력을 구할 수 없는 처지에 놓인 미국 광업 회사는 채굴 작업을 시작하려면 먼 곳에서 대규모 원주민 인력을 끌어올 수밖에 없었다.

아울러 많은 광산이 있는 주(州)의 주요 도시인 꼴까에는 지금까지 본 적도 들은 적도 없는 거액의 돈이 상거래에서 숨 가쁘게 손에서 손을 거쳤다. 창고, 시장, 거리, 광장, 가릴 곳 없이 어디든 흥정하거나 거래를 성사하는 사람들로 붐비었다. 도시 중심지, 변두리, 근교 같은 조건이나 환경을 가리지 않고 셀 수 없을 만큼의 대지와 토지의 소유주가 바뀌고, 따라서 공증인 사무소와 법원에는 이와 관련된 업무가 끊이지 않았다. 참으로 평온하던 지역은 Mining Society의 달러로 이렇게 전례가 없는 분위기에 빠졌다.

사람들은 마치 이방인 같아 보였다. 심지어 걷는 모습도 달라졌다. 귀찮은 듯 느릿느릿 걷던 예전과 달리 조급하고 잰걸음으로 움직였다. 남자들은 면직물 정장, 각반, 승마바지 차림에, 어투마저 변하고, 주고받는 이야기에는 달러, 서류, 수표, 인지세, 초안, 해지, 톤, 장비라는 낱말들이 예사롭게 흘러나오고 넘쳤다. 먼 곳에 있는 광산의 뿌리칠 수 없는 매력에 마음이 들뜬 변두리 지역 여자들은 이런 남자들을 구경하러 길을 나서기도 하였다.

상기된 얼굴에 미소를 지으며 묻기도 하였다.

"혹시 끼빌까에 가세요?"

"네, 내일 아침 일찍이요."

"아, 정말 부러워요! 광산에서 돈을 많이 벌겠네요."

비록 이 부푼 마음이 나중에 탐스러운 광맥이 있는 어두컴컴한 막장에 허무하게 묻히고 말겠지만, 설레는 이야기가 이렇게 시작되고 사랑이 싹트기도 하였다.

끼빌까에 모여드는 인부와 광부 선발대와 더불어 Mining Society의 경영진, 임원 그리고 관리인들도 도착하였다. 이들 중 지사장 '미스터 타일, 부(副) 지사장 미스터 바이스, 출납원 하비에르 마추까, 페루 출신 기술자 발도메로 루비오, Mining Society와 독점으로 인부 계약권과 잡화점 운영권을 따낸 장사꾼 호세 마리노, 광산 지역 파출소 소장 발다사리 그리고 루비오를 보좌하는 측량기사 레오니다스 베니떼스가 있었다.

루비오는 아내와 어린 아들 두 명과 함께 왔다. 마리노는 나이가 열 살 남짓한 어린 조카를 데려왔는데 장사치가 종종 이 아이를 손찌검하였다. 다른 사람들은 홀몸으로 도착하였다.

앞서 도착한 이들은 저 멀리 숲이 보이는 안데스산맥 동쪽 기슭 적막한 지역에 자리를 잡았다. 원주민 소라족(族)이 사는 오두막 외에는 사람의 흔적이라곤 찾아볼 수 없는 곳이었다.

이런 벽지에서는 원주민의 도움에 전적으로 기댈 수밖에 없다는 사실과 아울러 오두막이 있는 그곳이 지형적으로 광업 회사의 활동 중심지이어야 한다는 판단에 이주민들의 거처가 오두막 주변에 들어서게 되었다.

 안데스산맥 고원에서의 거주와 생활에 관련된 어려움은 물론이며 채굴 작업이 안정적이고 정상적으로 자리를 잡기까지 여러 곡절과 시련을 겪어야 했다. 문명의 손이 닿은 멀리 떨어진 마을까지 가려면 야마가 겨우 지나다닐 수 있는 험준한 길뿐이어서 초기에는 극복하기 거의 불가능한 과제로 보였다. 장비가 부족한 문제와 아울러 누그러질 기미가 전혀 없는 혹한과 그 기후에 느닷없이 내몰려 시달리는 인부들의 배고픔으로 인하여 도로 공사를 중단해야 하는 낭패를 보는 날이 매우 잦았다.

 소라족은 자신들의 보금자리에 몰려드는 이런 외지인들을 순박하고 밝은 모습으로 대하며 사소한 일에도 도움의 손을 아끼지 않았고, 나아가서, 이들의 시기적절한 지원이 없었더라면 광업 사업 자체가 돌이킬 수 없는 실패로 끝날 뻔한 적이 한두 번이 아니었다. 식자재가 동나고 꼴까에서 보급이 지연되면, 이들은 자신들의 곡식을 비롯하여 가축, 도구를 내주었고, 심지어 개개인의 시중까지 들었다. 거리낌 없이. 아무런 대가나 조건 따위도 없이. 신기하고 기이한 기계와 밤낮을 가리지 않고 틀에 박힌 듯한 모습으로 힘쓰는 인부들을 호기심 찬 어린이의 눈으로 바라보던 원주민들은 이주민들과 이해타산 없이 화목하고 평온하게 지내는 것으로 만족하였다. 그냥.

 한편, 꼴까와 주변 지역에서 충분한 인력을 끌어모은 Mining Society는 채굴 작업 초기에는 소라족의 노동력이 필요하지 않다고 여겼다. 그래서 회사는 채굴 작업에 더 많은 인부가 필요하기 전까지는 원주민들을 동원하지 않겠다는 계획을 세웠다. 그날이 올지는 아무도 모르는 일이었다. 아무튼, 당분간 소라족은 채굴 작업과는 무관하게 일상을 이어갔다.

"그 일 매일 왜 해?" 어느 날 기중기에 윤활유를 바르는 인부에게 원주민이 물었다.

"광물 폐기물 올리려는 거야."

"광물 폐기물 뭐 하러 올려?"

"광맥 주변을 정리해야 광물만 캘 수 있어."

"광물 왜 캐?"

"당연히 돈 때문이지! 멍청한 인디언 놈아!"

원주민은 비웃는 인부를 따라서 자기도 그냥 미소 지었다. 그리고 그날 종일 그리고 며칠 동안 그 인부가 일하는 모습을 유심히 살펴보았고, 기중기에 윤활유를 바르는 일이 어디에 쓸모 있는지 직접 보고 싶었다. 어느 날, 관자놀이에 땀이 줄줄 흐르는 인부에게 원주민이 다시 물었다.

"돈 있어? 돈이 뭐야?"

인부가 셔츠 호주머니를 흔들어 동전이 부딪치는 소리를 내고 미소를 지으면서 대꾸하였다.

"이게 돈이라는 거야. 응? 돈. 들리지?"

그리고 니켈 동전 몇 개를 꺼내어 보여주었다. 원주민은 이해가 안 된다는 표정으로 동전을 살펴보았다.

"돈 가지고 뭐 해?"

"뭐하긴! 사고 싶은 거 사지. 무식한 놈!" 인부가 피식 웃었다. 그러자 원주민은 휘파람을 불고 폴짝폴짝 뛰면서 멀어져 갔다.

한번은 대장간에서 모루에 망치질하는 인부를 마치 뭔가에 홀린 듯 몰입해서 지켜보던 원주민이 갑자기 해맑고 싱겁게 웃었다. 그러자 대장장이가 물었다.

"왜 웃어, *촐리또? 이 일 해보고 싶냐?"

"응. 그러고 싶어."

"안 돼. 넌 몰라서 안 돼. 이건 아무나 하는 게 아니야."

그런데 이 원주민이 기어코 대장간에서 일해보겠다고 고집을 피웠다. 마지못해 일을 시켜보니 나흘 동안 일하면서 의외로 기술공들에게 정말 유용한 도움이 되었다. 그다음 날, 열두 시쯤에 소라족이 선철을 옆에 툭 내팽개치더니 불쑥 자리를 떴다.

"어이!" 인부들이 그를 불렀다. "어디 가? 일 계속해야지."

"아니." 원주민이 대답했다. "재미 이제 없어."

"돈 줄게. 너 돈 받을 수 있어. 그러니까 하던 일 해."

"아니. 더 안 해."

며칠 뒤 이 원주민이 큰 광주리에 밀을 씻는 여자에게 바가지로 물을 부어 주는 모습이 보였다. 그리고 밧줄 한쪽을 터널까지 가져가는 데 앞섰다. 이어서 광구에서 시험 사무실까지 광물을 운반할 때 원주민이 들 것으로 도왔다. 이런 모습을 지켜본 인부 모집책 마리노가 어느 날 소라족에게 말을 걸었다.

"그래, 일하는 모습이 좋아! 아주 좋아, 촐리또! 내가 니 건져 줄까? 얼마면 되겠니?"

원주민은 '건져 주다'가 무슨 말인지, '얼마면 되겠니?'는 또 무슨 뜻인지 도무지 알아듣지 못했다. 그는 그냥 바쁘게 일하면서 시간을 재미있게 보내고 싶은 마음뿐이었다.

소라족은 한시라도 시간을 헛되게 보내지 않았다. 언제나 즐거운 표정으로 여기저기 오가고, 숨찬 모습에, 긴장된 근육과 팽창한 혈관, 양을 치는 일, 씨뿌리기, 북주기, 야생 *비꾸냐나 구아나꼬 사냥, 바위나 벼랑을 타고내리며, 덤덤히 그리고 정말 분주하게 일하였다. 그들에게서 '이윤'이라는 개념은 그야말로 티끌만큼도 찾아볼 수 없었다. 자신들의 행위에 따르는 경제적 결과에 관해서 아무런 관심도 타산도 없는 이들의 모습은 삶을 소통과 관용의 향연으로 여기며 사는 듯 보였다. 때로는 눈물겨울 만큼 타인을 믿고, '물건을 사고파는 일'이 무엇인지도 몰랐다. 이러한 그들의 됨됨이로 인하여 참으로 기막힌 장면이 드물지 않게 펼쳐지기도 하였다.

"육포 만들기 좋아. 이 야마 팔아 줘."

그런데 가축을 건네주면서 원하는 판매가를 제시하지도, 돈 받을 생각도 하지 않는 상황이 벌어지곤 하였다. 어쩌다가 야마 판매 대금으로 동전 한두 개 정도를 받았는데, 그 돈이 필요하다는 사람이 있으면 선뜻 내주곤 하였다.

            *   *   *   *   *

  광부들의 거처가 지역에 들어서자마자 직원들과 인부들은 외부에서 들여오는 물자들 외에도 생활을 꾸려나가는 데 필요한 것들, 예를 들어, 노동에 동원할 수 있는 가축, 식육에 요긴한 야마, 곡식 등등을 지역 내에서 충당해야 하는 현실에 관심을 집중하기 시작하였고, 주변을 탐사하고 땅을 개간하여 비옥한 경작지로 만드는 사업을 하루빨리 이루어나가야 했다.

  이런 기본사업에 누구보다 발 빠르게 뛰어든 사람이 끼빌까 지역 광산의 인부 계약과 잡화점 운영의 독점권을 따낸 호세 마리노이었다. 그는 사육과 경작으로 자급뿐만이 아니라 부(富)를 축적할 기회를 포착하였다. 그래서 기술자 루비오와 측량기사 베니떼스와 비밀리 손을 잡았다. 이 동업은 잡화점 운영을 통하여 일을 손쉽게 처리하고 특혜도 끌어낼 수 있는 마리노가 주도하기로 하였다. 사실 뚱뚱하고 작은 체구의 마리노는 이해타산에 비상한 감각과 순발력을 지녔고, 계략이 뛰어나고, 엉큼하며 인색하기 짝이 없는 인물이었다. 아울러 이 장사치는 자신의 사익을 위해서라면 혹할 만큼 사람을 구슬리는 재능을 자유자재로 부리는 사람이었다.

반면에 발도메로 루비오는, 비록 큰 키에 어깨가 구부정한 그의 모습이 새끼 양을 노리는 콘도르와 흡사해 보이지만, 무던한 사람이었다. 그리고 레오니다스 베니떼스는 "리마 기술학교의 한낱 맹한 학생 같아 보이는 기술직에 불과했다. 약한 몸에, 유체스럽고 상거래처럼 대인관계가 중요한 요소인 일에는 소질이 전혀 없음을 넘어 오히려 역효과를 초래할 만한 인물이었다.

호세 마리노는 소라족이 이미 잘 일구어 경작하는 땅에 애초부터 눈독을 들였고 빼앗을 마음을 품었다. 마추까와 발다사리를 포함한 다른 여러 사람도 원주민 부족의 땅을 탐냈고 차지하려고 치열하게 암투를 벌였지만 결국은 마리노가 마지막에 웃었다. 잡화점 그리고 가공할 만한 그의 뻔뻔함이 결정적인 역할을 하였다.

단순하고 미개한 원주민들은 자기들이 여태껏 듣지도 보지도 못한 잡화점 물품에 매료되었다. 색색의 옷감이나 천, 다양한 형태와 화사한 색의 유리병, 알록달록한 상자, 성냥, 사탕, 반짝이는 물통, 투명한 컵 등등이 마냥 신기하기만 하였다. 마치 불에 덤벼드는 날벌레처럼 소라족은 잡화점에 홀렸다. 이는 마리노가 자신의 사악한 돈놀이꾼 소질을 펼치기에 더할 나위 없는 판이었다.

"니 오두막 옆에 있는 땅 나한테 팔아." 소라족이 가게에 있는 물건에 빠져 정신을 차리지 못하고 둘러보기에 급급한 틈을 타서 마리노가 뜬금없이 말을 꺼내곤 하였다.

"뭐라고, ˝따이따?˝

"니 ˝오까 심은 그 땅, 나한테 주면 여기 물건 중에 니 마음에 드는 거 가져도 돼."

"좋아, 따이따."

이런 식으로 거래가, 아니 엄밀하게 말하면, 교환이 성사되었다. 오까 경작지 대가로 마리노는 붉은 꽃이 꽂힌 파란색 큰 유리병을 원주민에게 건네주었다.

"이거, 깨질 수 있으니까 살살 다루어야 해. 잘 봐…" 장사치가 아주 온화하게 말하면서 병이 깨지지 않게끔 어떻게 조심스레 다루어야 하는지 보여주었다.

불과 몇 분 전까지 농사짓는 땅의 주인이었던 원주민은 다른 소라족 두 명과 함께 그 유리병을 들고 가게를 나서서, 마치 성물을 모시는 듯한 걸음 한 걸음, 조심조심 걸어갔다. 그렇게 기껏해야 1킬로미터 거리를 2시간 반 남짓 걸렸다. 이런 괴이한 광경을 구경하던 사람들은 웃음을 참지 못하였다.

사실인즉, 이 원주민은 자기 경작지를 기껏해야 유리병과 맞바꾸는 일이 공정한지 불공정한지 전혀 깨닫지 못하였다. 그의 논리는 참으로 단순했다. 마리노가 자기 경작지를 원하니까 그에게 양도한 것뿐이었다. 다시 말하자면, 마리노에게서 유리병을 건네받은 일은 경작지 양도와는 전혀 무관한 일이었다. 단지 경작지가 마리노 마음에 든다는 이유로 자기가 양도했듯이, 유리병이 마음에 든 자기에게 마리노 역시 그냥 양도

한 것으로 여겼다.

　장사치는 이렇게 마냥 순진하고 멋모르는 어린아이 같은 원주민들에게 환하게 웃으면서 잡화점에 있는 화려한 색과 모양의 자질구레한 물품들을 손에 쥐여 주면서 눈에 띄지 않게 조금씩 소라족의 경작지를 탈취하였다.

　이런 식으로 원주민들의 재산과 가축이 야금야금 마리노의 손아귀에 들어가는 동안 마추까, 발다사리 그리고 Mining Society의 다른 임직원들은 고지대, 저지대 가릴 것 없이 넓디넓은 벌판, 숲, 언덕, 새로운 샘, 조련하고 키우기 위한 야생동물을 확보하느라 다른 일에 한눈팔 겨를이 없었다.

　소라족은 자신들의 재산이 남의 손에 넘어가는데도 전혀 개의치 않은 듯 보였다. 오히려 선천적 활발함을 더 유쾌하고 효과적으로 펼칠 수 있어서 더 개방적이고 역동적일 수 있는 기회로 받아들이었다. 이들의 경제 개념은 그야말로 단순했다. 생계 꾸리기에 필요한 물품을 구할 수 있는 수단 외에는 상황을 중요하게 여기지 않았다. 오로지 생계의 위협을 느낄 때만 눈을 부릅뜨고 자신들을 착취하는 이들에게 그 어떤 머뭇거림도 없이 치열하게 대항할 것이었다. 그런데 만약 그런 일이 벌어진다면 이들은 목숨을 걸고 투쟁할 것인데, 그런 날이 올까? 지금 호세 마리노와 광업 회사의 교활하고 사람을 홀리게 하는 침입 앞에 소라족이 끊임없이 밀리면서 살고 있는데 언제까지 이런 상황이 이어질까?

　인부들은 원주민을 착취하는 이러한 수작을 보면서 안타까움과 동정심 어린 마음으로 개탄하였다.

"어떻게 저런 짓을!" 인부들이 십자가를 긋고 한숨을 내쉬며 말했다. "경작지도 모자라서 오두막까지 빼앗고! 저들을 살던 곳에서 쫓아내고! 날강도질도 분수가 있지!"

오히려 원주민을 탓하는 사람도 없지 않았다.

"아니, 소라족이 잘못하는 거지! 멍청이들이잖아. 제값을 줘도 그만, 안 줘도 그만. 자기 경작지를 달라고 하는 사람한테 마냥 웃으면서 덜렁 내주다니! 미개하고 멍청하기 짝이 없지. 복이 넘쳤어! 될 대로 되라지!"

인부들의 눈에는 소라족은 제정신이 아니거나 현실을 직시하지 못하는 어리석은 사람들로 보였다. 한번은 어느 석탄 장수의 어머니인 노파가 답답한 나머지 원주민 한 명을 옷깃으로 붙들고 얼굴이 붉으락푸르락하며 나무랐다.

"이 멍청아! 왜 니 물건을 그냥 줘? 그 물건을 거저 얻은 거 아니잖아! 그런데 웃기만 하냐? 어라? 그래도 웃음이 나와?..."

자칫하면 노파가 화를 못 이겨 원주민에게 귀싸대기를 올릴 기세이었다. 그런 노파에게 나중에 소라족이 바구니에 *오주꼬를 잔뜩 들고 오자 그녀는 마다했다.

"내가 뭘 바라고 한 소리가 아니야! 도로 가져가!"

그러나 바라는 것 없이 자기를 배려한 원주민의 마음을 헤아린 그녀는 순간 가슴이 미어졌고 동정심과 애처로운 눈빛으로 멀어져 가는 소라족을 한참 쳐다보았다.

어느 날, 원주민들이 세상의 셈법과 얍삽함과는 너무 동떨어지고, 너무 무방비하다는 사실을 깨달은 채석공의 아내가 애처로운 나머지 울음을 터뜨렸다.

그녀가 소라족에게 호박을 샀는데, 약속한 액수보다 적은 돈을 손에 쥐여 주면서 물었다.

"4레알 밖에 없는데, 괜찮겠어?..."

"그래, 아줌마." 원주민이 대답했다.

그런데 갱에서 다이너마이트 폭발 사고로 손을 잃은 남편의 약값이 모자라는 바람에 4레알에서 좀 깎으려고 그녀가 사정했다.

"저기, 3레알만 줄게. 1레알은 내가 다른 데 필요해서..."

"그래, 아줌마."

그러자 소라족에게 1레알을 더 깎아도 되겠다는 생각이 머리를 스친 채석공의 아내가 원주민 손을 펼치게 한 다음 동전 한 개를 빼면서 조심스레 말했다.

"그런데... 지금 2레알만 받아. 나머지는 다음에 줄게..."

"그래, 아줌마." 원주민이 마냥 덤덤하게 대답했다.

그러자 채석공의 아내는 소라족의 마냥 순진하고 관대함이 눈물겨운 나머지 차마 그의 눈을 쳐다볼 수 없었다. 남편의 약을 사는 데 보탤 소중한 돈, 그러니까, 원주민에게 '빼앗은' 2레알을 손에 꾸욱 쥐었을 때 그녀는 여태껏 느껴보지 못한 뜨겁고 벅찬 마음에 오후 내내 눈물을 멈추지 못했다.

* * * * *

하루 업무가 끝나면 미스터 타일, 미스터 바이스, 기술자 루비오, 출납원 마추까, 파출소 소장 발다사리 그리고 최근에 도착하여 학교 운영을 도맡은 사발라 선생, 이들 모두 추위를 견디기 위한 두툼한 천과 가죽으로 만든 외투 아래 정장 차림을 하고 마리노의 잡화점에 모여서 코냑을 마시고 이야기를 나누면서 시간을 보내곤 하였다. 가끔 레오니다스 베니떼스가 합석하였지만, 술을 거의 마시지 않고 일찍 자리를 떴다. 모인 사람들은 주사위 놀이도 하고 일요일에는 술독에 빠져 총질해 대면서 짐승보다 못한 주사를 부렸다.

대화의 주제라고 해야 꼴까 그리고 리마와 관련된 내용으로 시작해서 전쟁을 겪는 유럽 이야기로 이어지고, 나중에는 회사 운영과 세계 시장에서 가격이 나날이 상승하는 텅스텐 수출 문제로 넘어갔다. 마지막으로 광산을 둘러싼 이런저런 뒷소리, 별별 개인적인 문제에 대한 지역에 나도는 소문이 이야깃거리가 되었다.

소라족에 관한 이야기가 나오자 레오니다스 베니떼스가 사색가이며 가슴 아파하는 구원자처럼 말하였다.

"불쌍한 것들! 나약하고 어리석은 사람들이지. 자기네 재산을 지킬 용기가 없어서 저런 거예요. '안 돼요'라는 말을 못 하는 사람들입니다. 여리고, 순종하고, 소심한 인종이예요. 상상이 안 될 만큼. 저들이 불쌍하면서도 화가 나요!"

그러자 벌써 술기운이 꽤 올라온 마리노가 그 말을 되받아쳤다.

"아니, 아니야. 그런 게 아니라고! 인디언들은 자기들이 뭘 하는지 똑똑히 알고 있어! 게다가 인생이 다 그런 거 아니야? 서로 빼앗고 빼앗기는 거? 끊임없이. 적자생존! 누군가 잃어야만 얻는 사람이 있을 거고. 게다가 자네가 뭐라도 되는 줄 아나 본데..."

마지막 말은 상대방을 빈정대는 여운이 짙었다. 근본적인 됨됨이가 간사하고 상대방을 입막음하는 성향이 짙은 마리노의 입에서 나온 말이기에 새삼스러울 게 한 점도 없었다. 말뜻을 알아차린 베니떼스는 망나니 같은 인간 게다가 술에 취한 놈에게 되받아치지 못해서 언짢은 기색이 역력하였다. 그러나 자리에 있던 사람들은 마리노의 지적에 비웃음 섞인 큰 소리로 응하였다.

"그래! 맞아! 말 그대로예요! 그렇지!"

기술자 루비오가 평소처럼 판매대 함석판에 손톱으로 줄을 그으며 낮은 목소리로 더듬거리며 입을 열었다.

"아니에요. 내가 보기에는, 이 인디언들은 바쁘게 사는 게 좋은가 봐요. 새로운 길을 열거나, 야생동물 사냥을 나가거나, 무슨 일이든 하면서. 이 사람들 자체가 그런 거고, 또 그렇게 살아온 거죠. 다른 가축을 키우거나 새집을 마련해야 하면 자기네 소유물을 그냥 훌훌히 털어내고. 그런데도 아무 걱정 없이 잘 살고. 소유권이라는 개념은 전혀 없고, 그냥 필요하면 니 거 내 거 안 따지고 가지는 사람들이에요. 저기... 문짝 사건 기억하시죠?"

"사무실 문짝 사건 말이요?" 출납원이 헛기침하면서 물었다.

"예, 바로 그 사건! 소라족이 사무실 문이 마치 자기 물건인 것처럼 너무 당당하고 확신에 찬 모습으로 문짝을 떼어 내어 가져가서 자기 사육장 우리를 만드는 데 사용하려 했잖습니까!"

그러자 잡화점에 요란스러운 웃음이 터졌다.

"그래서 그놈을 어떻게 했소? 정말 웃기는 일이네."

"사람들이 왜 그러는지 물으니까, 어린아이같이 해맑게 웃으면서 자기 오두막에 가져가겠대요. 물론 사람들이 문짝을 빼앗았죠. 인디언은 문짝이 필요한 사람은 누구나 가져갈 수 있다고 생각한 거예요. 정말 웃기는 놈들이지요."

"멍청한 척하는 거지. 얼마나 약삭빠른 놈들인데." 마리노가 눈짓을 하고 배를 쑥 내밀면서 말했다.

이 말에 격한 거부감을 느낀 베니떼스가 동정심 어린 표정을 지으면서 되받아쳤다.

"그런 거 아닙니다! 이들은 나약한 사람들이라고요! 나약해서 자기 소유물을 빼앗기는 거예요!"

그러자 루비오가 발끈했다.

"아니, 고산지대에서 숲, 황무지, 야수, 온갖 위험에도 억척같이 살 수 있는 사람들이 나약하다고? 당신이라면, 아니 이 자리에 있는 누구 한 명이라도 그렇게 살 수 있겠어요?"

"그건 용기가 아니요. '용기'는 남자 대 남자로 싸울 때 쓰는 말이에요. 상대방을 쓰러뜨리는 사람을 용감하다고 하잖소. 이건 용기와는 별개 문제예요."

"그러니까… 한 남자의 굳셈이나 용기가 다른 남자를 쓰러뜨리라고 주어졌다는 말이요?… 하! 참! 나는 사람의 용기는 상대방을 공격하기 위한 무기가 아니라, 일하고 공동체의 이익에 공헌하기 위한 것으로 알고 있었소. 정말 당신 생각은 어이가 없소!…"

"내가 하는 말과 다를 게 없네요. 나는 누구에게 해를 끼칠 사람이 아니요. 내가 그런 사람이 아니라는 거 여기 모두가 아는 사실 아니요? 그렇지만 내 생명을 위협하고 내 물건을 빼앗으려는 자에게는 당연히 맞서야 한다고 생각해요!"

"저기, 있잖아…" 마리노가 슬쩍 끼어들었다. "굳이 긁어서 부스럼 만들 필요 없잖나?… 시시한 소리는 그만하고! 자, 여러분, 뭐 드실래요? 뭐 드릴까?"

그러나 측량기사는 들은 척도 하지 않고 말을 이어갔다.

"예를 들어서, 내가 여기서 일하는 이유는 돈을 모으려는 거지 돈을 뜯기려는 게 아니라는 말이요. 게다가 나는 남의 것을 탐내지도 그 누구랑 싸울 마음도 없고요!"

이 사람 저 사람에게 술을 권하는 데 지치고, 사육과 재배 사업에서 자기와 동업하는 베니떼스가 술에 취한 채 언쟁에 엮인 꼴을 보던 장사치가 그의 입을 막을 마음으로 냉소를 지으며 말했다.

"저기, 내가 하고 싶은 말은... 베니떼스! 어이, 베니떼스! 베니떼스!... 내 말 잘 들어! 긁어서 부스럼 만들지 말라고..."

사레들렸는지 기침을 심하게 하여 살찐 목에 핏발이 선 출납원 마추까가 입을 열었다.

"내 생각에는..."

다시 기침이 시작했다.

"내 생각에는..."

말을 이어갈 수 없었다. 한동안 기침이 끊이지 않다가 겨우 멈출 때까지 다른 사람들이 걱정하는 얼굴로 지켜보았다.

"소라족은 거칠고 다른 사람의 감정에는 아랑곳하지 않고 상황 파악도 못 하는 미개인들이에요. 얼마 전에 봤는데, 어른 한 명이 밧줄에 매달려 있고, 다른 끝자락에는 밧줄을 허리에 감은 어린아이가 버티고 있더라고요. 어른이 밧줄을 당기니까 당연히 더 조이더라고. 그런데 어린아이는 허리가 끊어질 듯한 통증에 얼굴이 벌게지고 혀를 입밖에 내밀면서 바둥거리는 거예요. 그런데 어른 소라족은 아이의 그런 모습을 보고도 대수롭지 않은 듯 웃으면서 자기 일에만 신경 쓰는 거 아니겠어요? 모질고 잔혹한 인간들이지. 정말 냉혈 인간들이에요. 기독교의 덕과 가르침을 배워야 해요."

"아! 그거 정말 옳은 말이요! 그나저나, 여러분, 뭐 드릴까?" 마리노가 다시 끼어들었다.

"아뇨. 내 말을 끊지…"

"아니, 뭐라도 마시면서…"

"나, 참! 사장님이나 마셔요…"

레오니다스 베니떼스는 원주민의 현실에 대해서 자기를 사색가이며 가슴 아파하는 구원자인 척 꾸미는 게 아니라, 실제로 평소에 자신이 생각하고 느끼는 점을 온전히 말로 표출하고 있었다.

그는 그야말로 '절약'이라는 개념의 화신이었고 한 푼이라도 결코 헛되게 쓰는 사람이 아니었다. 작은 종잣돈이라도 마련해서 이곳 끼빌까를 떠나 다른 지역에서 자영업을 펼칠 수 있는 날이 하루라도 빨리 오기를 고대하였다. 그렇게 꿈꾸는 미래를 위해서 그의 안중에는 당분간은 일하고 저축하는 것 말고는 없었다. 이 세상에서 재물이 곧 행복이라고 믿는 그의 관점에서 탐욕이나 분노 같은 나약함에 빠져 부패를 초래하고, 인격을 무너뜨리고, 사회를 좀먹는 그런 비열한 짓을 저지르지 않으면서 평온하고 공정한 삶을 꾀하기 위해서는 근면과 절약보다 더 고귀한 덕목이 없었다. 베니떼스는 이런 생각을 종종 학교 교사인 훌리오 사발라에게 털어놓았다.

"아이들에게 딱 이 두 가지만 가르치면 돼요. 근면과 절약. 내가 보기에, 모든 시대를 초월하는 도덕이 요약된 가장 숭고한 이 두 가르침에 기독교의 교리를 함축해야 해요. 근면과 절약 없이는 마음의 평온도, 자비도, 공정도, 아무것도, 그 어느 하나 가능한 게 없단 말이요. 인류의 역사가 증명하지 않소! 그 외에 다른 가르침은 쓰잘머리 없는 짓이요."

베니떼스가 잠시 감정에 잠기더니 속마음을 털어놓았다.

"나는 홀어머니 손에서 자랐소. 그리고 나를 이렇게 키워준 어머니에게 매일매일 감사하는 마음으로 살고 있소. 어머니 덕분에 오늘날 나는, 모두가 다 알다시피, 그 누구에게도, 그 무엇에게도 얽매이지 않고 두 다리 쭉 뻗고 자면서, 소박하지만 경제적 안정을 위해서 하루하루 열심히 노력하고 있소."

측량기사의 얼굴에서 평소의 찡그린 표정이 사라지고 눈이 반짝였다. 그리고 머릿속에 뭔가 떠오른 듯 사발라에게 늘어놓았다.

"오해하지 마시오... 검소함과 인색함은 전혀 다른 거요. 그러니까, 예를 들자면... 나와 마리노 사이에 큰 차이가 있듯이 말이요. 지금 내가 무슨 말을 하는지 당신은 이해할 거요..."

머리를 천천히 끄덕이는 교사의 모습에서 베니떼스는 상대방이 자기 말을 이해했거니와 곱씹는다고 여겼다.

측량기사는 자기가 정직하고, 근면하고, 체계적이고, 명예로우며 눈부신 미래로 나아가는 사람이라는 은근하고 확고한 자부심이 있었다. 아울러 자기는 타인이 본받아야 할 삶의 거울 같은 존재라는 뜻을 넌지시 내

비칠 기회를 놓치지 않았다. 물론 그는 이런 속내를 노골적으로 내보이지 않았지만, 지인들과 도덕이나 운명에 대한 이야기를 나눌 기회가 있을 때마다 자기가 카톨릭의 사도(使徒)라도 되는 듯 근엄함과 위상을 흉내질하면서 내뱉는 말에서 의심할 여지가 없이 묻어났다. 선과 악, 진실과 허위, 정직과 위선 같은 무거운 주제와 관련하여 지루한 열변을 종종 토하곤 하였다.

자신의 규칙적인 성향 덕분에 레오니다스 베니떼스는 몸져누운 적이 한 번도 없었다.

"자네, 쓰러지는 날에는 다시는 못 일어날 거야!..." 끼빌까에서 민간 요법 전문가 행세까지 하는 장사치 마리노가 측량기사에게 짓궂게 말하곤 하였다.

저주에 가까운 이런 말에 베니떼스는 자기 건강 관리에 더더욱 심혈을 기울였다. 자기 몸과 숙소의 청결 및 위생에 관하여 흠잡을 데가 티끌만큼도 찾아볼 수 없었다. 그 누구도 따르지 못하고 답답할 만큼 꼼꼼하게 계획을 세운 일상을 통하여 몸 관리를 한시라도 소홀히 하지 않았다. 매일 아침 출근하기 전에 당일 날씨와 몸 상태에 적합한 내복을 고르는 데 시간을 아끼지 않았다. 심지어, 집을 나섰다가, 날씨가 생각보다 더 춥거나 옷을 너무 껴입었다는 판단이 서면 셔츠나 바지를 갈아입으려고 되돌아온 적도 한두 번이 아니었다. 양말, 신발, 모자, 스웨터, 장갑, 가방을 사용할 때도 마찬가지이었다. 눈 오는 날에는 더 많은 서류, 자 그리고 끈을 가방에 넣는 것도 모자라서 수준기, 삼각대, 경위기마저 들고 나섰다. 비록 이런 장비를 업무에 사용하지 않더래도 운동 삼아서.

때로는 제정신이 아닌 듯 상기된 얼굴로 자신에게도 버거울 만큼 펄쩍 뛰고 내달리기도 하였다. 종종 자기 방에서 하루 종일 나오지 않는 적도 있었다. 누가 자기 집을 방문하면 눈보라나 돌풍이 들이닥칠세라 잔뜩 긴장한 모습으로 조심스레 문을 열었다. 그런데 화창한 날에는 모든 문과 창문을 활짝 열어젖히고는 닫을 생각을 하지 않았다. 그렇게, 하루는 어떤 소년에게 문 열린 자기 방을 맡기고 출납 담당자 사무실에 갔는데, 소년이 잠시 한눈파는 사이 누군가 그 방에서 풍로와 설탕을 훔쳐 가는 일이 일어났다.

그뿐이 아니었다. 액을 차단하거나 질병을 예방한답시고 그의 미신이나 청결 강박증은 도가 지나쳤다. 그 누구에게서든, 간식거리 하나, 음료수 한 모금조차 빠지지 않고 십자 성호를 다섯 번이나, 정확하게 다섯 번!, 그은 다음에야 받았다. 어느 일요일 아침, 출납원 마추까가 그의 집에 들렀다. 그때 마침 레오니다스 베니떼스는 원주민 식모가 선물로 가져온 아직 김이 모락모락 나는 "우미따에 세 번째 십자 성호를 긋던 참이었다. 그런데 뜻밖의 방문객을 대하느라 십자 성호 개수를 잊어버렸고, 단지 그 이유로 주방 하인이 성의껏 만든 음식을 먹지 않고 그냥 개에게 던져 주었다.

그리고 악수하기를 꺼렸다. 마지못해서 해야 할 때는 손가락 끝자락으로 상대방의 손을 만지듯 마는 듯하고, 언제나 빠짐없이 챙겨 다니는 소독용 비누 두 가지로 손을 씻을 때까지 오만상과 근심에 가득 찬 얼굴을 지었다. 자기 방의 모든 사물은 항상 같은 자리에 있었다. 아울러 자신도 언제나 같은 자리에서 쉬고, 일하고, 먹고, 자고, 생각하고, 자기가 유명하다고 여기는 ˚스마일의 《Self-Help》를 읽었다. 성당에 미사가 없는 날에는 어릴 때 자기 어머니에게서 진정한 카톨릭 신자에게 크나큰 가치가 있고 그를 따라야 한다고 배운 금박(金箔) 가공된 성경책에 있는 마태복음을 읽었다.

고산지대에 아직 적응하지 못했는데 엎친 데 덮친 격으로 추위에 시달리던 베니떼스의 목소리가 현저히 잠기었다. 이런 현상이 그의 동업자인 마리노의 간악한 눈에는 재미있는 놀림거리로 보였고, 이를 둘러싸고 두 사람 사이에 다툼이 자주 있었다.

"아니, 왜 그리 겸손하고 독신자인 척해?" 마리노가 자기 가게 손님들 앞에서 비아냥대는 어조로 베니떼스에게 소리치곤 하였다. "그냥 편하고 사내답게 큰 소리로 말해요! 이제 그 나이에 무슨 내숭 떨거나 체면 차린다고! 그냥 잘 먹고, 잘 마시고, 여자나 만나 봐! 그러면 목소리가 탁 트일 거야!…"

측량기사가 장사치에게 뭐라고 대꾸하였지만 사람들의 요란스러운 웃음소리가 그의 목소리를 집어삼켰다.

"뭐? 안 들려! 말을 해 봐! 도대체 뭐라는 거야?" 마리노가 조롱을 멈추지 않았다.

웃음소리는 더 커지고 장사치 놈에게 모욕당하고 비웃음거리가 된 바람에 속이 몹시 상한 베니떼스는 결국 자리를 뜨곤 하였다.

사실 레오니다스 베니떼스는 끼빌까 주민들에게 그다지 달가운 인물이 아니었다. 왠지 모르지만. 그의 생활 방식 때문인지, 사사건건 도덕을 들먹거려서인지, 몸이 왜소해서 그런지, 소심하기 짝이 없고 언제나 사람을 의심하기 때문인지.

그와 사이가 가깝고 다정하게 지내는 사람이라고는 선반공의 어머니였는데, 귀가 어둡고 나이가 꽤 든 사람이고 미풍양속을 잘 지키며 검소하고 모범적인 삶을 추구하기로 널리 알려져 지역 주민들은 그녀를 "'복녀'라고 불렀다. 베니떼스가 끼빌까에서 유일하게 마음 편하게 느끼는 곳이 '복녀'의 집이었고, 두 사람은 카드놀이를 하거나, 끼빌까 현황에 관한 이야기를 나누거나, 때로는 심오한 도덕 문제를 토론하면서 오랜 시간을 함께 보내곤 하였다.

어느 날 오후, 베니떼스가 몸져누웠다는 소식을 마을 사람을 통하여 선반공의 어머니가 듣고 당장 그의 집으로 달려가 보니 환자가 열이 심한 나머지 헛소리를 하면서 고통에 몹시 시달리는 상태이었다. 그녀는 알코올 두 잔을 넣은 진한 "유칼리 차(茶)와 "겨자탕을 준비하였다. 심한 감기 증세이겠거니 여겼고, 그래서 땀을 쭉 빼고 나면 상태가 좋아지리라고 생각했다. 그러나 환자가 땀을 흘리는데도 열이 떨어지기는커녕 오히려 더 오르는 상황이 벌어졌다.

벌써 날이 어두워지고 눈이 내리기 시작하였다. 베니떼스 방의 문과 창문은 닫혀있었다. '복녀'는 외풍을 막으려고 헝겊으로 이곳저곳 틈새를 메꾸었다. 경랍 양초의 누르스레한 불빛에 환자의 침대는 물론이며 방에 있는 사물에 서글픈 기운이 베는 듯하였다. 고열을 견디기 힘들어 베니떼스가 뒤척이거나 자세를 바꿀 때마다 베개와 홑이불 사이에 파묻힌 미간이 좁은 그의 얼굴에 그림자들이 파르르 떨거나 흐느적대고, 꺾이거나 겹치었다.

베니떼스는 숨을 가쁘게 몰아쉬며 가위에 눌리는 듯 횡설수설하였다. 환자의 상태가 더 나빠지는 상황에 의기소침한 '복녀'가 침대 머리맡에 있는 예수 성심 초상 앞에 무릎을 꿇고 기도하기 시작하였다. 죽은 사람 얼굴을 본뜬 석회 가면처럼 창백하고 무표정한 얼굴을 숙이고 그녀가 기도하면서 끙끙거렸다. 잠시 뒤 용기를 되찾자 일어서더니 환자를 불렀다.

"베니떼스 씨?"

이제 그의 숨결이 느리고 소리도 낮았다. 그녀가 까치발로 침대에 다가가서 몸을 굽혀 환자를 한동안 살펴보았다. 잠시 생각한 다음 태연한 척하면서 환자를 다시 불렀다.

"베니떼스 씨?"

측량기사의 입에서 튀어나온 깊고 쓸쓸하기 그지없는 탄식에 '복녀'의 마음 곳곳이 아리었다.

"베니떼스 씨? 좀 어떠세요? 다른 약을 드릴까요?"

갑자기 베니떼스가 두 손을 힘겹게 휘저었다. 마치 눈에 보이지 않는 해충이라도 떨치려는 듯. 눈을 떴는데 피가 범람하듯 붉게 충혈되어 있었다. 그래서인지, 시선이 흐트러졌는데도 섬뜩해 보였다. 그리고 건조하고 보랏빛을 띤 입술을 뻐금대며 그가 중얼거렸다.

"아냐!... 저쪽이 더 휘어져 있어!... 내가 알아서 할게요! 내가 안다니까!... 나한테 맡겨 둬요!..."

그리고 허겁지겁 무릎을 접고, 팔을 이불 속에 넣은 다음 다시 벽을 바라보며 누웠다.

끼빌까에는 의사가 없었다. 인부와 광부들이 의료진과 의료시설에 관한 요청을 몇 번이나 회사에 하였지만, 매번 묵묵부답이었다. 잡화점 주인 마리노가 민간요법으로 치료할 수 있는 폐렴을 제외한 다른 질병은 환자가 힘겹고 위태로운 상황을 각자도생으로 헤쳐 나갈 수밖에 없는 현실에 처해 있었다.

베니떼스를 돌보던 선반공의 어머니는 만에 하나 폐렴일지 모르니 마리노에게 도움을 청할지, 한시라도 벌기 위해서 자기가 직접 다른 약을 준비할지 판단이 서지 않았다. 어쩔 줄 몰라 좁은 방에서 이리저리 오가기만 하였다. 가끔 환자를 살펴보거나, 눈 내리는 밖을 지켜보며 문에 귀를 대곤 하였다. 행여 아들이 자기를 데리러 오거나 지나가는 사람이 있으면 도움을 청할 수 있으니까.

때때로 환자에게서 아무 소리도 나지 않았지만, 귀가 어두운 그녀는 이런 사실을 감지하지 못했다. 그러나 갈수록 통증이 더 심한 환자의 입에서 더 많은 괴성과 헛소리가 나오는 와중에 밤은 깊어져 갔다. 베니떼스의 이웃이라곤 오로지 방대한 광물 저장소밖에 주변에 없었고 산기슭에 옹기종기 모여 있는 오두막집들은 고함을 쳐도 들리듯 말듯 한 거리에 있었다.

'복녀'는 다른 약을 준비하기로 마음먹었다. 베니떼스가 응급용으로 보관해 둔 물품을 뒤지다가 글리세린이 보였고, 순간 새로운 처방이 떠올랐기 때문이었다. 그래서 풍로를 다시 켰다. 좀 전부터 평온해 보이는 환자에게 까치발로 다가가서 살폈다. 그는 곤히 자고 있었다. 우선은 그가 쉬게끔 두고 약은 나중에도 열이 내리지 않으면 그때 먹이기로 하고 미루었다. 그리고 예수 성심 초상 앞에 다시 무릎을 꿇고 탄식과 흐느낌 속에서 한동안 긴 기도문을 정성껏 웅얼거렸다. 나중에 일어서서 다시 침대로 다가가면서 면 블라우스 자락으로 눈물을 훔쳤다. 베니떼스는 변함없이 평온해 보였다.

"위대하신 주님!" 감격하고 겨우 들리는 목소리로 그녀가 입을 열었다. 그리고 말로 표현할 수 없는 열광에 젖어 초상을 우러러보며 두 손을 모은 다음 말을 이어갔다.

"거룩하신 예수 성심! 전지전능하신 우리 예수! 이 환자를 위하여 빌어주소서! 이를 굽어보시고 내치지 마소서! 저희를 구원하신 주님! 이 세상의 고통에서 저희를 구하소서!"

북받침을 참다못한 그녀의 눈에서 눈물이 흘렀다. 몇 걸음 물러나서 의자에 앉았고 잠시 뒤 잠이 들었다.

어느 순간 그녀가 벌떡 잠에서 깼다. 양초가 거의 다 타서 내려갔고

촛농이 특이하게 접시 한 곳으로만 흘러 모여서 굳은 모양이 마치 주먹 쥔 손의 집게손가락이 불꽃과 평행으로 세워진 듯 보였다. 양초를 제대로 세우면서 베니떼스를 살폈다. 그는 같은 자세로 자고 있었다. 몸을 기울여 그의 얼굴을 보던 그녀는 '그래, 잘 자야지'라고 속으로 중얼거리며 환자를 깨우지 않기로 하였다.

고열에 시달리며 헛것이 보이던 레오니다스 베니떼스의 눈에 머리맡에 걸린 예수 성심 초상이 종종 띄었다. 그 성상(聖像)은 석회벽의 흰색 그리고 허상과 뒤섞여 보였다. 그의 환각은 광산에서 맡은 자기 업무, 마리노 그리고 루비오와 펼친 동업, 하루빨리 돈을 많이 모아 리마(Lima)에 가서 끝내고 싶은 공학 학위 과정, 전문지식을 토대로 자기 사업을 시작하고 싶은 욕구 같은 구체적인 관심사나 걱정거리와 얽히어 있었다.

망상 속에서 베니떼스는 호세 마리노에게 모든 재산을 빼앗기고 심지어 장사치가 끼빌까 주민을 선동하여 자기를 몰매질하려는 참이었다. 측량기사가 자기를 해치려는 상대와 맞서 줄기차게 항의했지만, 그 많은 사람을 대하기가 버거워서 물러나서 피할 수밖에 없었다. 가파른 바위산으로 달아나다가 모퉁이를 돌자 자기를 찾아 나선 다른 무리와 마주쳤다. 다급하고 놀란 마음에 무작정 뛰어내렸다. 그러자 느닷없이 예수 성심이 나타나고, 상상치도 못한 그런 상황에 맞닥뜨린 추격자들과 도둑들이 기겁하면서 단숨에 사라지고 미스터 타일만 홀로 남았다. 그런데 이 미국인이 놀라기는커녕 화가 잔뜩 난 얼굴로 베니떼스에게 호통을 쳤다.

"당장 나가시오! 당신은 품행 불량으로 Mining Society에서 해고되었소! 당장 나가라고! 엉큼한 인간아!"

베니떼스가 수치스럽기 짝이 없을 만큼 손을 싹싹 빌고 또 빌었지만 미스터 타일이 하인 두 명에게 측량기사를 사무실에서 당장 끌어내라고 명령했다. 그러자 소라족 두 명이 미소를 지으며 성큼성큼 다가왔다. 마치 베니떼스의 불운에 자기들 가슴에 쌓인 울분이 조금이나마 씻기는 듯. 두 사람은 그의 팔을 붙잡고 끌고 가다가 사정없이 그를 밖으로 내동댕이쳤다. 때마침 예수 성심이 다시 나타나서 모든 상황을 말끔히 정리하였다. 그리고 섬광처럼 눈 깜짝할 사이에 사라졌다.

잠시 뒤, 베니떼스의 눈에 자기 금고에서 돈다발을 훔치는 소라족이 보였다. 부랴부랴 그 도둑놈을 뒤쫓아 나섰는데, 사실은 도난을 당한 돈의 액수 때문이라기보다 악어의 등에 올라타서 큰 강을 따라 유유히 달아나면서 자기를 조롱하듯 뻔뻔스레 미소 짓는 그 모습이 어처구니없고 몹시 거슬렸다. 베니떼스가 강가에 다다라서 물살에 뛰어들려는 찰나에 갑자기 몸이 둔해지면서 뜻대로 움직일 수 없었다. 이번에도 예수님이 베니떼스 앞에 모습을 드러냈는데, 눈이 부시는 후광이 그분을 감싸고 있었다. 그리고 강물이 갑자기 걷잡을 수 없이 불어나더니 시선이 닿는 모든 공간을 순식간에 뒤덮었다. 예수님을 둘러싸고 당신의 말씀을 간절히 기다리는 무한한 군중도 보였다. 그리고 수평선에 광활한 십자로가 펼쳐졌다. 순간 베니떼스는 틀림없이 최후의 심판의 시간이 다가왔다는 사실을 직감하고 공포에 사로잡혔다.

그래서 그는 자기가 영원히 머물 곳이 어디일지 가늠하려고 자신의 삶을 되돌아보려 하였다. 이 세상에서 자기가 행한 선행과 악행을 떠올렸다. 우선 선행부터. 이것저것 기억에서 끄집어내어, 중요성을 엄격히 따져 정돈한 다음 내세울 선상에 올렸다. 선행이지만 애매하거나 자질구레한 일은 저 뒤쪽에, 진심과 의미에 의문의 여지가 없고 누가 보아도 위대한 덕행은 맨 앞쪽에. 이어서 꺼림칙한 행위들을 되짚어 보려고 하였는데, 한 가지도 떠오르지 않았다. 한 가지도! 양심의 가책을 느낄만할 일이 하나도 없어 보였다. 물론 모호하고 가물가물한 일들이 떠올랐지만, 냉정히 따져보면 도덕적 기준으로 그냥 중립적임에 불과하거나, 자기에게 책임이 있는 일이 아니었다. 그리고 관점을 바꾸어서 보면, 오히려 자기가 칭찬받을 만한 일을 하지 않았나 싶은 생각에 흐뭇해할 점도 없지 않았다. 기지가 넘치는 베니떼스는 정성을 들여 언변과 비평 능력을 키워왔고, 상황을 멀리 내다보고 정확하고 진정한 의미를 알아차릴 수 있었다.

측량기사는 구세주 앞에 서야 할 때가 임박했음을 느꼈다. 그런데 그 순간을 상상하자 공황에 압사 되는 듯하였다. 서로 못 본 지 수년이 되었는데, 자기 어머니가 키우는 기니피그에게 줄 풀을 구해주던 아꼬야 지역 건초 가게 주인의 기억이 뜬금없이 튀어 올랐다. 어머니는 이 가게 주인의 탐욕과 인색함을 욕하며 저주를 퍼붓곤 하셨다. 그 장면에서 베니떼스는 자신이 때로는 과하다 싶을 만큼 금전에 욕심을 부렸다는 사실을 연상하였다.

꼴까의 어느 빈 저택에서 혼자 지낸 시절이 있는데, 어느 날 밤에 들은 연령(煉靈)들의 소리가 떠올랐다. 어둠 속에서 누군가 문을 자꾸 밀치는 소리에 베니떼스는 무서워서 숨을 죽이고 밤을 꼬박 새웠다. 다음 날, 지난밤 일을 이웃에게 이야기하니 식민지 시절 ˚감독관이 그 집에 묻은 금괴 때문에 가끔 연령들이 나타난다는 말을 들었다. 그런데 밤에 연령들의 소리가 끊이지 않자 급기야 베니떼스는 혹시 모를 금괴가 탐났다. 그래서 어느 날 밤 자정에 어둠 속에서 문을 밀치는 소리가 나자 그가 조심스레 입을 열었다.

"누구요?" 침대에 앉은 그의 턱이 두려움에 떨었다.

아무 대답이 없었다. 그러나 문을 계속 밀치고 있었다. 초조하고 식은땀이 흐르는 측량기사가 다시 물었.

"누구요? 연령이면 사연을 말해보시오."

그러자 저승에서 오는 듯한 맹맹한 소리가 서글프게 대답하였다.

"그래, 나는 연령이다."

베니떼스는 그런 귀신을 피하면 안 된다는 점을 이미 알고 있었다. 그래서 물었다.

"무슨 일이오? 어쩌다 연령이 되었소?"

그러자 거의 울먹거리며 대답하는 소리가 들렸다.

"내가 부엌 한구석에 5센트를 묻어 두었어. 그 때문에 내가 구원을 받을 수 없는 처지가 된 거야. 그 5센트에 니가 95센트를 보태서 위령 미사를 올려 줘. 내 구원을 위해서 말이야…"

··· 텅스텐 ···

정말 어이없는 상황과 귀찮은 일에 기분이 상한 베니떼스가 투덜거리며 귀신이 있을법한 쪽을 노려보며 몽둥이를 집어 들었다.
"볼썽없이 죽은 놈들 봤지만, 이런 놈은 생전 처음이야!..."
그리고 다음 날, 그는 그 집을 떠났다.
이제 속된 마음에서 한 걸음 물러나 떠올려 보니 자기가 죄를 저질렀고 벌을 받아야 마땅하다는 판단이 섰다. 그런데 곰곰이 다시 생각해 보니 자기가 연령에게 내뱉은 말은 제정신에서 나오지 않았거니와 그 어떤 악의도 없었다. 도덕적인 측면에서, 모든 행위에 관한 판단은 의도, 오로지 의도에 기반하지 않는가? 연령이 부탁한 위령미사를 올리지 않은 것은 당시 심한 소화 장애로 성당에 갈 수 없는 사제 때문이었지 베니떼스 자기의 의지와는 무관한 일이었다. 게다가 사제가 신성한 임무를 이행하는 데 그 소화 장애가 걸림돌이 될 만큼은 아니었다는 사실을 베니떼스는 꿰뚫고 있었다. 마지막으로, 좀 더 진지하고 냉철하게 상황을 짚어보면, 연령이 아니라 실제로는 금괴에 대한 자신의 욕심을 모를 리 없는 지인들이 자기를 골탕 먹이려고 한 짓이 아니었을지 싶었다. 만약 그런 조작된 상황에서 자기가 미사를 올렸더라면, 이는 세상의 조롱감이 되는 사태를 피할 수 없었거니와 심지어 자기가 신성모독을 주도했다는 쪽으로 일이 왜곡되었을지도 모른다. 그래서 베니떼스는 무의식적으로라도 귀신에 맞서서 교회의 신성함을 굳건히 지킨 자신의 처세가 올바른 행위였다고 믿어 마지않았고, 따라서, 주님의 은총을 입을 만한 공을 세웠다는 생각까지 들었다. 결국에는, 이렇게 특이하고 뒤얽힌 논리에 취해서

이 사건을 자신의 모든 기억 중 가장 내세울 만한 것으로 여겼다.

　어느 순간, 여태껏 겪어 본 적이 없는 그리고 자신의 존재 밑바닥에서 솟아오르는 감정에 자기가 예수 그리스도 앞에 있다고 느꼈다. 그때 그의 사고가 한없이 명료해지면서 과거와 현재 그리고 미래에 대한 전반적인 관점, 시간과 공간에 대한 포괄적인 각성, 완전한 형상 그리고 한계의 영원하고 본질적인 의미를 깨닫게 되었다. 지혜의 섬광이 그를 감싸며 주님께 향하는 길에 자기에게 주어진 영원한 역할이 관련된 감성과 감각, 추상과 물질, 밝음과 어둠, 동등과 차이, 단편과 총합을 어우르는 개념을 전면적으로 보여주었다. 그때 그는 자발적으로도 자신만을 위하여서도 아무것도 할 수 없고, 생각하거나, 바라지도, 느낄 수도 없었다. 아무것도. 그의 인성은 물론이며 이기적인 자아 역시 주변과의 친절한 관계와 연대에서 벗어날 수 없었다. 예수님과 그분의 신성한 뜻이 베니떼스의 마음에 머물다 가심에 따라 그의 존재에 무한의 음률이 자리 잡았다. 나중에 정신을 차리고 주님에게서 멀어짐을 느끼면서 만물의 조화에서 소외되어 흐리고 시작도 끝도 없는 무한함 속을 떠도는 미아가 되었다는 생각이 들자, 이루 말로 표현할 수 없고 달랠 길이 없는 고통에 숨을 쉴 수조차 없었다. 마치 내뱉기도 삼키기도 불가능한 암흑을 씹는 듯하였다. 그의 내면 고뇌, 암담함에서 허우적대는 영혼은 잃어버린 낙원 때문이 아니라 예수님 발 앞에 무릎을 꿇었을 때 그분의 신성한 얼굴에 드리운 무한한 슬픔 때문이었다. 그분의 수난과 숙명적인 슬픔! 인간이며 신(神)이심에도 어찌할 수 없는 슬픔! 그 막대한 슬픔 때문에 베니떼스는 치유될 수 없는 그리고 끝이 보이지 않는 고통을 겪고 있었다.

"주님!" 베니떼스가 나지막이 빌었다. "주님의 슬픔이 너무 크지 않기를 기도합니다! 미약하지만, 주님의 슬픔을 저와 나눌 수 있게 허락하소서! 세상에 주님의 슬픔을 전하는 데 제가 티끌 같은 도움이라도 되게 하소서!"

적막이 초월의 영역까지 번졌다.

"주님! 슬픔을 거두소서! 주님의 슬픔을 전할 용기를 잃었나이다! 오, 주님! 어쩌다가 제가 연민을 잊었나이까? 어쩌다가 동정심을 잃었나이까? 주님께서 저에게 베푸신 연민을 저는 삶의 심연에 빠트렸고 매몰차게 내쳤나이다!"

베니떼스는 그지없이 울었다.

"주님! 저는 죄인이며 주님의 가여운 길 잃은 양입니다! 시간도, 낮과 밤도 그리고 어제와 오늘도 없는 태초의 아담이 될 수 있었음에도! 에덴의 순수함을 영원히 다스리어 무상(無常)에서 불변을 구할 수 있었음에도! 만물의 근원에서처럼 한 땀 한 땀, 한 뼘 한 뼘, 한 톨 한 톨, 한 모금 한 모금, 그렇게 한결같이 나아갈 수 있었음에도! 진실을 찾으려고 길이라는 길은 남기지 않고 샅샅이 훑을 수 있었음에도! 저는 그리하지 않았습니다!"

오로지 적막함뿐이었다.

"주님! 저는 비행을 저질렀고 용서받지 못할 비열한 피조물입니다! 태어나지 말았음에도! 그냥 영원히 꽃눈이고 직전(直前)으로 남을 수 있음에도! 험난한 꽃술에 갇혀 있어도 천국의 보석과 다름없는 꽃눈과 아직 닥치지 않았고 결정적인 날의 시간이 오지도 않을 직전처럼 행복해질 수 있었음에도! 그냥 난세포, 연무, 불가분하고 은연한 음(音)이 될 수 있었음에도 그리하지 않았습니다!"

베니떼스는 한없이 비통한 마음에 절규하였으나 적막함만 그에게 돌아왔다. 오로지 적막함만.

* * * * *

베니떼스가 화들짝 눈을 떴다. 아침 햇빛에 방이 환했다. 침대 옆에 호세 마리노가 있었다.

"어이, 팔자가 늘어졌어, 응?" 팔짱을 끼면서 마리노가 외쳤다. "11시인데 아직도 안 일어나고 말이야! 자, 자! 내가 오늘 오후에 꼴까에 가야 하니 어서 일어나지!"

베니떼스가 벌떡 일어났다.

"꼴까에 간다고요? 오늘?"

마리노가 잔걸음으로 방에서 서성이었다.

"그렇다니까! 어서 일어나! 계산할 거 해야지! 루비오는 벌써 가게에

와서 기다리고 있는데…"

침대에 앉아 있던 베니떼스가 오한을 느꼈다.

"알았소. 이제 곧 일어날 거요. 아직 열에 시달리고 있지만 크게 문제 될 거 없소."

"뭐, 열이 있다고? 같잖은 소리 하고 있네! 당장 일어나라니까! 당장! 가게에서 보자고!"

마리노가 밖으로 나가자 베니떼스는 나갈 채비를 하였다. 여느 때와 다름없이 조심스럽게 옷을 입었다. 양말, 팬티, 속옷, 셔츠, 모두가 지금 특이한 자기 몸 상태에 걸맞고 적합해야 했다. 너무 두껍지도 너무 얇지도 않게 차려입었다.

오후 1시. 호세 마리노의 조카가 안장이 준비된 말의 고삐를 붙들고 잡화점 문 앞에서 장사치가 나오기를 기다리고 있었다. 가게 안에서 큰 소리로 논의하거나 호탕하게 웃는 소리가 흘러나왔다.

마리노, 루비오 그리고 베니떼스 사이에 정산이 끝나자, 두 동업자 그리고 그곳에 모인 출납원 마추까, 학교 운영 담당 사발라, 파출소 소장 발다사리, 지사장 미스터 타일 그리고 부 지사장 미스터 바이스가 마리노에게 작별 인사를 하였다. 이어서 술잔이 여러 번 돌았다.

나중에 취기가 약간 오른 마추까가 상대를 떠보는 눈빛과 능글맞은 말투로 마리노에게 물었다.

"그런데 '＊로사다'는 어떻게 할 셈이요?"

'로사다'는 마리노의 노리개 여러 명 중 한 명인데 열여덟 나이에 산악 지대 출신이며 크고 검은 눈동자에 뺨이 여리여리하고 불그스레한 잘생긴 여자이었다. 원래는 광산 시굴자 한 명이 꼴까에서 데려왔었다. '로사다'의 언니 떼레사와 알비나는 당시 단순하고 환상에 젖은 시골 사람들이 뿌리치기 힘든 광산 지역 생활에 대한 묘한 유혹에 빠져 그녀를 따라나섰다. 그렇게 세 자매는 그들의 부모에게서 벗어나 끼빌까로 오게 되었고 가난에 찌든 늙은 농부인 부모는 딸들이 도망간 일로 한동안 슬픔을 달래지 못했다.

세 자매는 끼빌까에서 생계를 꾸리기 위하여 ＊치차를 만들어 팔기 시작하였다. 그런데 장사를 하다 보니 종종 손님들과 잔을 기울이고 취하는 일이 자연스러울 뿐 아니라 그런 자리를 피할 수 있는 마땅한 묘수나 그럴싸한 핑계도 없었다. 이런 예기치 못하고 바라지 않은 상황이 전혀 달갑지 않았던 시굴자가 아무런 망설임도 없이 ＊그라시엘라를 내쳤는데, 몇 주 뒤에 호세 마리노가 그녀를 자기 노리개로 삼았다. 그리고 떼레사와 알비나는 여전히 지역 주민들의 별별 숙덕거림의 대상이 되었다.

"주사위 놀이 어떻소? 그년이 판돈이요! 좋지 않소?" 같은 질문을 하며 치근덕대는 마추까에게 마리노가 천연스레 대답했다. "그래! 주사위 놀이! 해봅시다!"

"그래! 다 같이 합시다!" 발다사리가 소리쳤다.

그래서 모두 판매대 주변에 모여들었다. 베니떼스도. 모두 술에 취한 상태로.

"자, 자, 그래! 누가 시작하지?" 마리노가 손에서 주사위를 힘껏 굴리면서 소리쳤다.

그리고 주사위를 던진 다음 손가락으로 사람들을 가리키며 큰 소리로 나온 숫자까지 셌다.

"일! 이! 삼! 사! 그래! 자네가 시작하는 거야!"

주사위 놀이를 시작해야 하는 사람은 다름이 아니라 레오니다스 베니떼스이었다.

"그나저나, 뭣 때문에 이 놀이를 하는 거요?" 주사위를 손에 든 채 베니떼스가 물었다.

"허허, 어서 던지기나 하시오!" 발다사리가 다그쳤다. "'로사다'를 놓고 우리가 이런다는 거 못 들었소?"

"아니, 저기요! 주사위 노름으로 여자를 넘기고 받다니!" 비록 술에 취했지만 베니떼스가 당황스러워하며 되받아쳤다. "그런 거 하는 거 아니오! 차라리 카드놀이나 합시다!"

그러자 기다렸다는 듯 비난, 모욕, 빈정댐이 사방에서 마구 빗발쳤고 베니떼스의 소심한 양심의 가책은 그냥 뒤덮이고 말았다. 결국은 노름판이 벌어졌다.

"브라보! 술 한잔 사시오! 판돈을 땄으니 한턱 내야지!"

파출소 소장 발다사리가 '로사다'를 차지하게 되었다. 그러자 그가 샴페인을 돌리라고 시켰다.

"정말 탐나는 계집년이랑 즐기게 되었네요, 소장님!" 마추까가 다가가면서 말했다. "그년의 엉덩이를 생각만 해도!..." 그리고 마치 뭔가를 끌어당기듯 팔을 벌리더니 추잡스럽고 음란한 표정을 지으며 골반이 격하게 떨리는 시늉을 하였다.

그런 모습을 보면서 '로사다'를 떠올린 파출소 소장이 히죽대면서 눈이 희번덕이었다.

"그나저나, 그년은 요즘 어디에 사는 거요? 못 본 지 오래되었는데." 발다사리가 마추까에게 물었다.

"저기, 뽀사 지역에 있어요. 지금 당장 데려오라고 시켜요!"

"아니, 아니, 이 사람아! 지금은 안 돼! 대낮이고 보는 눈이 있는데 어떻게...?"

"보기는 누가 본다고! 인디언 놈들은 다들 일하고 있는데! 데려오라고 시켜요! 어서!"

"아냐, 아냐. 그냥 해본 소리요. 그런데, 마리노가 정말 '로사다'를 넘겨줄 거로 생각하시오? 다시 돌아오지 않을 생각이면 그럴 수 있겠지만, 겨우 며칠 꼴까에 볼일 보러 가는데..."

"그래서, 뭐? 엄연히 딴 건 딴 거 아니요? 시치미를 뚝 떼면 그만 아닙니까! 정말 눈이 뒤집힐 만한 계집인데 망설이다니! 나는 진짜 안달이 나서 어쩔 줄 모르겠는데! 지금 당장 데려오라고 해요! 이 지역 치안을 꽉 쥐고 있는 소장님에게 감히 누가 이래라저래라하겠어요? 그런데도 별

잡생각이나 하고 있다니! 하찮은 일에 신경 쓸 거 없다니까요! 머뭇대지 말고, 얼른!, 소장님!"

"그년이 올 거라 보시오?"

"당연하지요!"

"지금 누구랑 살지?"

"자기 언니들이랑. 아! 그년들도 동생 못지않아요!"

채찍으로 장화를 툭툭 치면서 발다사리가 생각에 잠겼다.

잠시 뒤, 호세 마리노와 파출소 소장이 가게 문 앞으로 나왔다.

"어이, 꾸초!" 마리노가 조카에게 일렀다. "'로사다' 년들 집에 가서 그라시엘라에게 여기 잡화점으로 오라고 전해. 내가 기다린다고. 이제 곧 떠나야 해서 말이야. 혹시 그년이 내가 누구랑 같이 있냐고 물으면, 아무 말 하지 말고 그냥 나 혼자 있다고 해. 나 혼자만 있다고. 나 혼자만! 무슨 말인지 알겠지?"

"예, 삼촌."

"명심해! 나 혼자 있다고! 여기 잡화점에 아무도 없고 나만 있다고! 말은 그냥 여기 둬. 고삐는 판매대 다리에 묶어 둬. 어서! 꾸물거리지 말고! 빨리 움직여!..."

꾸초는 삼촌의 지시대로 고삐를 판매대 다리에 묶은 다음 심부름을 하러 나섰다.

"빨리! 빨리!" 마리노와 발다사리가 잰걸음으로 멀어져 가는 아이의 뒤통수에 대고 소리 질렀다.

호세 마리노는 자기에게 쓸모가 있는 사람에게는 온갖 환대와 아부로 마음을 사는 데 여력을 두지 않았다. 그래서 지역 치안 관리 총책임자를 향한 장사치의 굽실거림에는 한계가 없었다. 심지어 파출소 소장의 계집질 거드는 일에도 한 치의 머뭇거림도 없었고, 때로는 앞장서기도 하였다. 밤이 되면 두 사람은 순찰 대원 한 명을 데리고 인부들의 막사와 작업장을 둘러보러 나섰다. 새벽쯤에 발다사리가 일용직 일꾼의 오두막이나 집에서 집주인의 어머니, 아내 또는 딸을 옆에 끼고 잠자리에 드는 경우가 종종 있었는데, 그때마다 나머지 두 사람은 각자 알아서 파출소와 잡화점으로 조용히 돌아가곤 하였다.

교활한 장사치가 이렇게 파출소 소장을 극진하게 대하는 데는 여러 가지 이유가 있었다. 우선은 자기가 꼴까에 다녀올 동안 방학을 틈타서 사발라가 운영을 맡은 잡화점의 안전을 발다사리에게 부탁하였고, 다른 편으로는, 소장이 자신은 물론이고 파출소 대원까지 데려와서 엄청난 양의 술을 마시는 단골이었다. 겨우 오후 세 시밖에 되지 않았는데도 이들은 마리노의 가게에서 이미 수많은 샴페인, 코냑, 위스키, "친자노 병들을 비우곤 하였다.

그러나 이런 상황들은 자질구레하고 피상적이고 일시적일 뿐이었다. 장사치 호세 마리노의 속내에는 근본적이고 깊은 이유가 확고하게 자리 잡고 있었다. 그에게 발다사리는 여러모로 보아도 자기 오른팔이나 다름이 없었다. 인부와 관련된 문제에서든, Mining Society 임원이 관련된 일에서든. 예를 들어, 잡화점 계산서에 불만이 있거나, 임금이 적다고 불평하거나, 야간작업이나 휴일에 일하지 않겠다는 놈이 있을 때마다 마리노가 문젯거리를 파출소 소장에게 넘기면, 감방에 며칠 가두거나, 미친개에게 하듯이 늘씬하게 몽둥이질하거나 채찍질로 그놈을 따끔하게 손봐주었다. 아울러, 미스터 타일이나 미스터 바이스에게서 특혜나 특권, 유리한 조건을 직접 따내기 어려울 때 발다사리에게 부탁하면 인맥과 치안 담당이라는 직위에 내재하는 영향력을 동원해서 결국은 마리노가 원하는 것을 저들에게서 얻어 내주었다. 그래서 장사치가 입 한 번 뻥긋하지 않고 사람들이 보는 앞에서 자기 노리개를 파출소 소장에게 흔쾌히 넘기는 행위가 전혀 놀라울 일이 아니었다.

드디어 꾸초를 뒤따라 길모퉁이를 도는 그라시엘라가 보이자 가게에 있던 사람들은 모두 숨고 호세 마리노가 만취 상태를 숨기려 애쓰면서 문 앞에서 기다렸다.

"들어가자." 그녀가 도착하자 마리노가 다정한 어투로 입을 열었다. "나 이제 가야 해. 어서 들어가자. 이제 곧 떠나야 하니까 너를 오라고 한 거야."

"인사도 안 하고 그냥 훌쩍 가시는 줄 알았어요." 그녀가 수줍게 대답하면서 가게 안으로 들어섰다.

그러자 갑자기 박장대소가 터지면서 숨어있던 사람들이 동시에 그녀 앞에 나타났다. 당황하고 얼굴이 붉어진 그라시엘라가 뒷걸음질 치다가 헛발을 디뎌 벽에 부딪혔다. 남자들이 그녀를 둘러쌌다. 그녀의 손을 지그시 잡으면서, 허리를 끌어안으면서, 뺨을 쓰다듬으면서, 골반을 도닥이면서, 턱을 만지작거리면서...

"앉아, 여기 앉아." 마리노가 자지러지게 웃으면서 말을 이어갔다. "이렇게 인사하는 거야. 안 그래? 가까운 사람들끼리 말이야! 우리를 보살펴 주는 분들이잖아! 친애하는 소장님도 여기 있고! 자, 자, 앉아. 일단, 여기 앉아. 그리고 뭐 마실래?..."

누군가 문을 반쯤 닫자 꾸초가 밖에서 말고삐를 잡아당긴 다음 문틀에 기대어 앉아서 기다리기로 하였다.

눈이 내리기 시작하였고 가게에 물건을 구하러 손님 몇 명이 왔지만 들어갈 용기가 없어서 그냥 돌아갔다. 어느 순간 원주민 여자 한 명이 달려왔는데 힘겹고 다급한 모습이 역력했다.

"니 삼촌 안에 있어?" 숨을 가쁘게 몰아쉬며 그녀가 물었다.

"예. 무슨 일인데요?"

"*라우다눔 필요해! 지금 당장! 우리 엄마 죽어 가!"

"그러면 들어가 보세요."

"손님 없어?"

"여러 명이 있어요. 급해 보이는데 들어가 보세요..."

그러나 원주민 여자는 잠시 머뭇거리다가 그냥 문 앞에서 기다리기로 하였다. 그녀의 초조한 안색이 짙어만 갔다.

꾸초는 고삐를 한 손에 쥔 채 붉은 색연필로 국가의 문장(紋章)을 학교에서 사용하는 공책에 그리면서 기다렸다.

여자는 문을 열고 들어갈 엄두는 내지 못하고 그냥 문 앞에서 서성거리며 안절부절못하였다. 가게 안을 엿보거나 귀를 기울여 소리를 듣다가 다시 서성거렸다.

"안에 누가 있어?"

"파출소 소장이요."

"또 누가 있어?"

"출납원, 측량기사, 선생, ˚양키들... 술에 잔뜩 취했어요. 샴페인 마시고 있어요."

"여자 목소리도 들리는데..."

"아, 그라시엘라도 있어요."

"'로사다'?"

"네. 삼촌이 불렀어요. 이제 곧 떠나신다고."

"아이고! 언제까지 기다려야 해? 정말 급한데..." 급기야 원주민 여자가 신음에 가까운 소리를 내기 시작하였다.

"왜 우세요?" 놀란 꾸초가 물었다.

"우리 엄마 지금 당장 죽어 가는데, 니 삼촌 손님 있으니..."

"그러면, 제가 불러 볼게요. 약을 드리게끔..."

"화내지 않을까?..."

꾸초가 안을 슬쩍 살핀 다음 나지막이 마리노를 불렀다.

"삼촌!"

가게 내부는 극도의 난잡함에 들끓고 있었다. 웃음, 환호 그리고 신음 같은 여러 소리가 역겨운 냄새와 뒤섞이어 밖으로 흘러나왔다. 꾸초가 여러 번 불렀다. 마침내 마리노가 나왔다.

"뭐야, 이 새끼야?" 버럭 화를 내며 조카에게 물었다.

술에 절었고 화난 삼촌의 모습에 꾸초가 겁을 먹고 몇 걸음 물러섰다. 원주민 여자도.

"여기, 라우다눔 사러 왔대요..." 조카가 옹알거리듯 대답했다.

"뭐? 라우다눔? 아니, 지금 무슨 개지랄 떨고 있어!" 악을 쓰고 소리 지르면서 단숨에 조카에게 다가가서 무지막지하게 뺨을 갈겼다. 꾸초가 나뒹굴었다.

"씹할!" 장사치가 쓰러진 아이에게 계속 악을 쓰고 소리 지르면서 발길질하였다. "병신아! 하는 짓거리마다 사람을 귀찮게 하고 괴롭히냐!"

지나가던 사람 몇몇이 꾸초를 도우려고 다가갔다.

"그 아이 때리지 마요, 따이따. 나 때문에 그랬어. 내가 부탁했어. 따이따! 그래서 나 때려! 나!" 급기야 원주민 여자가 무릎을 꿇고 마리노에게 빌었다.

장사치는 그녀에게도 발길질을 서슴지 않았다. 술기운과 화가 치밀어 오른 그는 닥치는 대로 치고 차는 짓을 멈추지 않았다. 결국에는 발다사리가 나와서 그를 말렸다.

"지금 이게 무슨 꼴이요, 마리노 씨?" 파출소 소장이 멱살을 잡으며 다그쳤다.

"아! 소장님! 죄송합니다!" 마리노가 즉각 그리고 공손히 대답했다. "정말, 정말 죄송합니다!"

마리노와 발다사리 두 사람은 다시 가게 안으로 들어갔다. 피가 흐르는 꾸초는 눈 위에 쓰러진 채 눈물을 흘렸다. 원주민 여자는 아이 옆에 서서 서럽게 흐느꼈다.

"자기 불렀는데 때리다니! 그 때문에 때리다니! 약 구하러 온 사람도 때리다니!..."

어느 건장한 원주민 청년이 울먹이면서 뛰어왔다.

"차나! 어머니 죽었어! 빨리 집 가자! 집! 빨리! 어머니 죽었어!..."

차나가 눈물을 멈추지 못하며 청년의 뒤를 따라 뛰어갔다.

이 와중에 마리노의 말이 놀라서 달아났다. 꾸초가 더러운 손으로 피와 눈물을 닦으면서 찾으러 나섰다. 이 남자아이는, 만에 하나, 말을 잃어버리기라도 하는 날은 그야말로 제삿날이 되리라는 자기 삼촌의 심심찮은 협박이 오늘 실현될 수 있다는 생각에 겁에 질려 온몸이 떨렸다. 그러나 다행히 말을 되찾았다. 잡화점으로 돌아와서 아직 반쯤 열린 문 앞에 다시 앉았다. 그리고 무슨 일이 벌어지는지 허리를 굽혀 안을 몰래 들여다보았다.

손에 술잔을 든 채 Mining Society 지사장 미스터 타일과 은밀하게 이야기를 나누는 호세 마리노가 문 너머로 보였다.

"미스터 타일. 제 눈으로 똑똑이 봤다니까요..." 장사치가 간살맞은 어투로 나지막이 말했다.

"말씀은 고맙지만 조심해야 할 일입니다." 술기운에 얼굴이 벌겋게 달아오른 지사장이 미소를 지으며 대답했다.

"아니, 아니! 아닙니다, 미스터 타일! 지사장님 마음먹기에 달렸습니다. 제가 보장할 수 있습니다. 루비오는 등신입니다. 게다가 자기 아내와 사이도 시들시들하고 말이죠. 그런데 이 여자가 지사장님만 보면 사족을 못 쓴단 말입니다. 제 눈은 못 속입니다."

지사장의 입에서 미소가 떠나지 않았다.

"그런데, 마리노 씨, 루비오가 눈치챌 수도…"

"그런 염려는 안 하셔도 됩니다, 미스터 타일. 제 모든 걸 걸고 말씀드릴 수 있습니다." 호세 마리노가 들고 있던 술잔을 비운 다음 자신에 찬 어투로 말을 이어갔다. "지사장님이 좋으시다면, 두 분이 오붓한 시간을 보내게끔 제가 루비오를 하루 정도 끼빌까 밖으로 데리고 나갈게요, 어떻습니까?"

"음, 생각해 봅시다… 생각해 봅시다. 아무튼, 고맙습니다. 마리노 씨, 정말 고마운 분이시군요…"

"하하, 별말씀을. 지사장님에게 도움이 되는 일이라면 저는 물불 가리지 않습니다. 진심입니다. 비록 제가 아주 하찮고 정말 별 볼 일 없는 사람이겠지만, 저를 정말 진지하고 지사장님을 위해서라면 목숨까지 내놓을 수 있는 친구로 받아 주시면 고맙겠습니다. 미스터 타일, 제가 도울 일이 있으면 언제라도 말씀해 주십시오. 더할 나위 없는 영광으로 받아들이겠습니다."

입발림을 마친 마리노가 허리를 굽혀 정중히 인사했다. 그때 가게 반대쪽에 있던 미스터 바이스가 장사치를 불렀다.

"마리노 씨! 샴페인 한 잔 더 돌리지 그래요!"

잡화점 주인은 즉시 샴페인 잔을 채워 모두에게 돌렸다.

그라시엘라는 벌써 술에 취한 상태이었다. 사실, 그녀가 마신 리큐어에 마리노가 몰래 준비한 '"번개 약'을 탔었다. 그녀가 그 술을 딱 한 잔만 맛보았는데 약 기운에 몸을 가누기가 힘들었다.

"좋아! 아주 좋아! 당신, 정말 대단한 사람이요!" 파출소 소장이 들뜬 목소리를 억누르며 마리노를 칭찬하였다. "이년한테 무슨 짓을 해도 모를 판이니…"

"더 독한 약을 안 탔는데도 저렇게 나자빠진 꼴이니…" 장사치가 우쭐대며 대답했다. "탔더라면 아마 입이 돌아갔을지 모르죠." 그리고 발다사리를 끌어안으면서 덧붙였다. "저기요, 소장님! 소장님은 정말 자격을 갖춘 분이십니다. 모든 자격이요! 벼락같은 행운? 여자? 어디 그것뿐이겠습니까? 그뿐만이 아니라 제 목숨까지도! 정말 진심으로 말씀드립니다! 진심으로!"

이상한 술기운이 버거운 그라시엘라는 경련에 시달리는 와중에 순간 노래하다가 느닷없이 훌쩍거리곤 하였다. 때로는 자리에서 일어나 혼자서 춤을 추기도 하였다. 남자들은 흥분된 얼굴로 그런 모습을 낱낱이 지켜보면서 손뼉을 치고, 소리를 지르고 낄낄대며 그녀를 부추겼다. 걸치고 있던 숄은 온데간데없고 한 손에 술잔을 든 그녀가 비틀거리면서 칭얼거리는 소리로 말을 내뱉었다.

"나는 정말 불쌍한 년이에요!" 돈 호세! 내 말 들어봐요! 당신 나한테 뭔데요? 웃기시네! 나는 그냥 가난한 년일 뿐이라고…"

그러자 웃음과 환호하는 소리가 더 높아졌다. 그라시엘라의 말을 들은 척도 하지 않고 호세 마리노가 발다사리와 팔짱을 낀 채 사람들 앞에서 그녀에게 말했다.

"보여? 여기, 파출소 소장님 계시는 거? 친애하는 미스터 타일 씨 그리고 미스터 바이스 씨 다음으로 이곳 끼빌까에서 가장 위대한 분이시지. 지금 여기 우리와 같이 계신 거 보이지?"

술과 약 기운에 눈이 풀린 그라시엘라가 눈을 껌벅거리며 파출소 소장을 보려고 애썼다.

"아… 그렇네요. 소장…님이시구나. 아…"

"그래, 그래. 내가 없는 동안 소장님이 너를 책임지고 보살펴 주실 거야. 알겠어? 너를 잘 지켜주고 만사에 나처럼 너를 도와주실 거야…" 마리노가 그녀를 조롱하는 몸짓을 한 다음 말을 이어갔다. "그러니까 나한테 하듯이 소장님께도 깍듯이 순종해야 해. 알아들었지? 내 말 알아들었지, 그라시엘라?"

"네… 잘 알아들… 잘… 알아…" 감기는 눈을 버티기 힘든 모습으로 그리고 혀가 굳은 듯 어눌하게 그녀가 대답하였다.

이어서 자기 몸을 가누려 했지만 거꾸러질 뻔하였다. 그러자 출납원 마추까가 폭소를 터뜨렸다. 장사치가 그에게 조용히 하라는 표정을 지은 다음 발다사리에게 눈짓을 보냈다. 지금 당장, 그리고 바로 이 자리에서 꿀보다 달콤한 이 계집과 재미를 보아도 아무 문제가 없다는 의미로. 그러니까, 얼른 데려가서 볼일을 보라는 의미로.

"자, 소장님! 데려가세요! 어서! 어서!..." 다른 남자들이 부러움, 시기, 질투, 흥분이 섞인 목소리로 부추겼다.

파출소 소장은 왠지 술을 마시면서 웃을 뿐이지 선뜻 나서지 않았다. 그라시엘라는 넘어지지 않으려고 간신히 판매대를 붙들고 가서 자리에 앉았다. 그리고 크게 소리 질렀다.

"돈 호세! 이리 와 봐요! 이리 오라니까!..."

호세 마리노가 발다사리에게 눈짓으로 다시 신호를 보냈지만 소장은 경직된 얼굴로 그냥 술 한 잔을 천천히 들이켰다. 잠시 뒤, 발다사리의 제정신이 술기운에 밀리기 시작하였다. 그럼에도 그는 샴페인 여러 잔을 더 마셨다.

다른 사람들도 술에 취하거나 이미 정신 줄을 놓은 상태이었다. 루비오는 미스터 타일과 대외정책에 관한 이야기를 고래고래 소리 지르며 나누고, 몇 발치 떨어진 곳에는 사발라 선생, 레오니다스 베니떼스 그리고 미스터 바이스가 어깨동무하고 있었다. 그런데 마리노와 발다사리는 집요하게 그라시엘라 옆을 지켰다.

어느 순간, '로사다'가 마리노를 끌어안으려 하자, 장사치가 발다사리와 슬쩍 자리를 바꿔치기하였다. 그러자 그녀가 알아차리고 파출소 소장을 와락 밀쳤다.

"소장님께 키스해!" 마리노가 짜증을 내면서 시켰다.

"싫어!" 그녀 역시 짜증이 난 소리로 단호하게 되받아쳤다. 그리고 술기운에서 깨어나는 듯 보였다.

"내버려두시오." 발다사리가 마리노를 말렸다.

"소장님께 키스하라니까, 이년아!" 화가 치밀어 오른 Mining Society 사(社) 인부 계약 중개인이 다시 시켰다.

"안 돼요! 그건 안 돼요! 절대로, 돈 호세!"

"키스 안 해? 내 말을 안 듣겠다고? 그래, 두고보자!" 장사치가 구시렁대더니 문제의 '번개 약'을 탄 리큐어를 다시 먹이려고 가지러 가느라 잠시 자리를 비웠다.

해가 저물자, 잡화점 문과 창문이 꼭꼭 닫혔고 가게 내부는 어둠에 파묻혔다. 잠에 빠진 베니떼스를 제외한 다른 남자들은 차례대로 그라시엘라를 혼간하였다. 호세 마리노와 발다사리가 그 자리에 있던 남자들에게 그녀를 흔쾌히 양보했다. 미스터 타일과 미스터 바이스가 먼저, 이어서 사회적 신분과 재력에 따라 사내들은 그라시엘라를 유린하였다. 파출소 소장 발다사리, 출납원 마추까, 기술자 루비오 그리고 사발라 선생 순서로. 호세 마리노는 배려 같아 보이는 아부의 속셈으로 마지막에 그녀를 강간하였다.

몹쓸 짓을 저지르는 동안 장사치는 정신 사납게 소란을 피웠다. 어둠 속에서 늑대가 길게 짓는 듯 괴상한 소리를 지르고, 감탄사를 내뱉고,

천박한 표현과 소름 끼치는 변태 행위에 관한 말을 추잡하게 늘어놓았다. 그뿐만이 아니었다. 그 와중에 공범들과 주고받은 이야기는 그야말로 끔찍하기 짝이 없었다. 막힌 듯 그리고 숨넘어가는 듯한 그라시엘라의 코골이 소리가 그녀가 아직 한 생명체라는 유일한 신호이었다. 자신의 욕정을 한껏 채운 마리노가 너털웃음을 터뜨렸는데 끈적끈적하고 등골이 오싹하는 느낌이었다.

나중에 누군가 잡화점 안에 불을 켜자, 판매대 위에 널브러지고 깨진 술병과 잔, 샴페인에 젖은 바닥, 이리저리 헝클어진 직물들, 수척하고 땀에 젖은 남자들의 얼굴들이 보였다. 몇몇 사람의 셔츠의 손목 그리고 목덜미 부위에 마른 핏자국이 검은색을 띠고 있었다. 가게 주인 마리노가 손을 씻으려고 대야에 물을 담아왔다. 남자들이 둘러앉아 세수하는데 갑자기 리볼버가 발포되었고 대야가 튕겨 나갔다. 이어서 파출소 소장이 호탕하게 웃었다.

"여러분의 간이 얼마나 큰지 알아보고 싶었소!" 총을 집어넣으면서 발다사리가 말했다. "그런데 다들 놀라고 당황하는군, 응?".

그때 레오니다스 베니떼스가 잠에서 깼다.

"음... 저기... 그라시엘라는 어디 있어요?" 눈을 비비면서 물었다. "벌써 갔나요?..."

"발다사리 씨. 저 여자를 깨워야겠어요." 안경을 닦으며 미스터 타일이 제안했다. "자기 집으로 돌려보내는 게 좋을 듯해요. 벌써 밤늦은 시간인데."

"아, 네! 네! 맞습니다!" 소장이 진지한 표정을 지으며 대답했다. "저기, 마리노 씨. 얼른 처리하시죠!"

"허!... 참!" 장사치가 외쳤다. "그건 좀 어렵겠는데요. 그 '번개 약'은 깰 때까지 기다리는 거 말고 할 수 있는 게 없습니다!"

"아무리 그래도 저렇게 바닥에 내버려둘 수 없잖습니까?..." 루비오가 꼬집었다. "안 그런가요, 미스터 타일?"

"아! 네, 네, 그렇죠!" 파이프 담배에 불을 붙이고 연기 한 모금을 내뱉으면서 지사장이 덤덤하게 대답했다.

레오니다스 베니떼스가 그라시엘라에게 다가가자 다른 사람들이 조심스레 그 뒤를 따랐다. '로사다'는 바닥에 쓰러져있었다. 미동도 없이. 머리카락이 헝클어진 채. 치마는 어지럽게 구겨지고 허벅지가 드러나 보일 만큼 들춰져 있었다. 측량기사가 깨우려고 그녀의 몸을 흔들었는데 아무 반응이 없었다. 양초를 가져왔다. 다시 깨우려고 그녀를 세차게 흔들었다. 그럼에도 여자는 꿈적도 하지 않았다. 그녀 몸의 어느 부위도 반응을 보이지 않았다. 호세 마리노가 그라시엘라의 가슴에 귀를 대자 남자들이 숨을 죽이며 기다렸다.

"빌어먹을!" 마리노가 일어서면서 차갑게 내뱉었다. "뒈졌네!..."

"죽었다고?..." 모두 자지러진 얼굴로 물었다. "괜한 소리 하지 마시오! 말도 안 돼!"

"아니, 괜한 소리 아니요." 장사치가 냉담하게 대답했다. "정말 뒈졌다니까…"

"우리는 그냥 즐겁게 지냈을 뿐이요." 낮고, 차분하고 싸늘한 목소리로 미스터 타일이 입을 열었다. "잘 들어요! 여기 있는 모든 사람이 함구하는 거요! 내 말 알아들었소? 한마디도 새어나가서는 안 돼요! 지금 당장 저 여자를 자기 집으로 데려가요. 자기 언니들에게는 그냥 갑자기 쇼크가 왔을 뿐이고 안정을 되찾을 때까지 푹 자게끔 놔두라고 말해요. 그러면 내일이 되어서야 저 여자가 죽은 사실을 알게 될 거요. 그렇게 되면 우리와는 전혀 무관한 일이 되는 거요."

아무 소리 없이 타일의 말을 듣던 남자들 모두 고개를 끄덕이었고 그가 말한 대로 상황을 처리하였다. 그리고 호세 마리노는 밤 10시에 말에 올라타서 꼴까로 떠났다.

다음날 그라시엘라의 장례가 치러졌다. 발다사리, 사발라, 루비오, 마추까 그리고 베니떼스가 장의 행렬 맨 앞줄에 자리를 잡고, 멀리서 꾸초가 행렬을 뒤따랐다. 전날 밤 잡화점에 있은 사람 중 깊은 생각에 빠진 레오니다스 베니떼스를 제외한 다른 남자들은 그저 예사롭게 이야기를 나누면서 묘지에서 돌아왔다.

그라시엘라의 죽음을 둘러싼 인물들 가운데 이 측량기사가 유일하게 조금이나마 슬픔과 죄책감을 느끼는 사람이었다. 그는 '로사다'의 죽음이 자연사가 아니라는 사실을 명확하게 인지하고 있었다. 비록 그가 깊은 잠에 빠진 바람에 어둠 속에서 그라시엘라가 무슨 일을 당했는지 보지 못했지만, 모든 게 의심스러웠다. 콕 짚어서 말하기도, 들이댈 수 있는 물증도 없고 심증만 있어서 답답한 마음으로 집으로 돌아와서 자기 방에 틀어박혔다. 잡화점에서 일어난 일이 계속 눈에 밟혔고 마음이 무거웠다. 지금까지 그런 상황을 겪은 적이 없었고 밀어닥치는 거부감을 뿌리치기 힘들었다. 침대에 드러누워 곰곰이 생각하다가 잠이 들었다.

그날 오후, 그라시엘라의 언니 떼레사와 알비나가 눈물을 흘리면서 불쑥 Mining Society 지사장 미스터 타일을 찾아갔다. 그리고 그녀들처럼 치차 장사를 하는 원주민 여자 두 명이 따라갔다. 지사장과 면담을 요청한 두 언니는 잠시 기다린 다음 미스터 타일의 사무실로 안내를 받아 들어갔는데, 부 지사장 미스터 바이스도 그곳에 있었다. 두 미국인은 한가롭게 파이프 담배의 물부리를 빨면서 시큰둥한 표정으로 불청객을 맞이하였다.

"무슨 일이죠?" 미스터 타일이 퉁명스럽게 물었다.

"저기, 사장님." 떼레사가 눈물을 멈추지 못한 채 입을 열었다. "사람들이 그라시엘라가 그냥 죽은 게 아니라 누군가 죽였다고 해서 왔습니다. 잡화점에서 동생에게 강제로 술을 먹였기 때문이래요. 그래서, 사장님께서 이런 억울한 일을 해결해 주세요. 불쌍한 사람을 죽이고도 어떻게 아무 일도 없었던 것처럼 넘어갈 수 있나요..."

그녀가 오열을 터뜨렸다.

"아니, 도대체 누구한테 그런 소리를 들었소?" 미스터 타일이 버럭 화를 내면서 물었다.

"모두요, 사장님, 모두…"

"파출소 소장에게 이야기해 봤소?"

"예, 사장님. 그런데 소장님이 그 소리는 사람들이 그냥 지껄이는 소리일 뿐이고 사실이 아니래요…"

"그러면, 뭐? 소장이 그렇게 대답했으면 됐지. 여긴 뭐 하러 온 거요? 그리고 왜 그런 멍청하기 짝이 없는 잡소문을 믿는 거요? 쓸데없는 짓 하지 말고 그냥 돌아가세요. 떼쓰고 운다고 죽은 사람이 돌아오는 거 아니잖아요!… 그러니, 그만 돌아가세요! 돌아가세요!" 미스터 타일이 목소리를 부드럽게 다듬으면서 말했다. 그리고 사무실 밖으로 나가려는 몸짓을 취하였다.

"돌아가세요!" 그때까지 사무실 안을 여유롭게 오가면서 파이프 담배의 물부리를 빨던 미스터 바이스가 타이르는 어투로 입을 열었다. "그런 잡소문에 귀 기울이는 거 아니에요. 그러니 집으로 돌아가세요. 우리는 솔깃하거나 근거 없는 소리 따위를 들을 시간이 없는 사람입니다. 그러니까, 죄송하지만…"

두 미국인은 품위와 거만함이 넘치는 몸짓과 표정을 지으며 떼레사와 알비나에게 문을 가리켰다. 그러자 두 여인이 눈물을 멈추고 부아가 치솟는 듯 소리쳤다.

"사장이고 부사장이면 다 되는 줄 알아! 그래서 제멋대로 부려 먹다가 언짢은 소리 한마디 하니까 개처럼 내쫓고! 내 동생 그라시엘라를 죽였어! 사람이 죽었어요! 사람이 죽었단 말이요!…"

 남자 직원 한 명이 황급히 들어오더니 두 여자를 사무실 밖으로 끌어냈다. 떼레사와 알비나는 계속 소리 지르고 울면서 끌려 나갔다. 그 뒤를 이어 원주민 여자 두 명도 울먹이면서 쫓겨났다.

2장

 호세 마리노가 꼴까에 간 이유는 급한 사업 문제 때문이었다. 그곳에도 그의 잡화점이 있는데 평소에는 동생 마떼오가 관리하고 있었다. 마리노 형제는 이 가게 말고도 끼빌까 지역 광산 인부 소개소를 운영하고 있었다. 그러니까 '마리노 브라더스 Marino Brothers' 사(社)는 꼴까와 끼빌까에 있는 잡화점 두 곳 그리고 Mining Society에 인부를 제공하는 업체로 구성되어 있었다.

Mining Society가 '마리노 브라더스'와 체결한 계약의 주요 사항에 따르면, 미국 광산업 회사의 끼빌까 지역 광산 채굴에 필요한 광부를 포함한 모든 인력을 '마리노 브라더스'가 독점으로 공급하고, 인부들의 필수품 유통 및 판매는 물론이거니와 저들의 계약 및 재계약 문제까지 총괄적으로 관리하였다. 이렇게, 호세와 마떼오 마리노는 한편으로는 인부들을 휘두를 수 있는 실권을 쥐었고, 다른 편으로는 미국 회사의 사업에 유용한 앞잡이 역할을 하였다.
　마리노 형제가 운영하는 작은 회사는 이러한 독점 계약 덕분에 순식간에 부(富)를 축적할 수 있었다. 끼빌까에서 광맥이 발견되기 전까지 이들은 여느 소매상인에 불과했는데, 어느새 부를 쌓았고 재력에 힘입어 자기들 이름이 페루 중부 지방에 널리 퍼지기 시작하였다. 꼴까와 끼빌까의 잡화점에서 취급하는 물품의 매입, 매출액은 감히 넘볼 수 없는 수준에 다다랐다.
　끼빌까 잡화점에서 난장판이 벌어지고 그라시엘라가 사망한 다음 호세 마리노가 꼴까에 왔을 때, 사실 '마리노 브라더스'는 우아따까 지역에 있는 금광을 매입할지에 대한 중대한 결정을 지을 참이었다. 이런 사업 문제가 호세가 꼴까에 온 주된 이유이었다.
　그러나, 꼴까에 도착한 날, 저녁을 먹은 다음, 두 형제가 긴 이야기를 나누었는데, 끼빌까 지역 인부 계약을 둘러싼 이런저런 문제가 두 사람이 우선으로 해결해야 할 과제로 떠올랐다.

끼빌까를 떠나기 전(前) 호세 마리노는 이 문제를 미스터 타일과 논의하였다. Mining Society 뉴욕 본사가 페루와 볼리비아 전(全) 지역 광산에서 텅스텐 채굴량을 늘리라는 지시를 내렸고, 광업 연합회는 미국이 조만간 유럽 전쟁에 참전하리라는 확신이 있었고, 따라서 본사의 지시가 전보로 떨어지기 무섭게 최대한 많은 물량을 미국의 조선소와 무기공장으로 하루라도 빨리 보내기 위해서는 지금부터라도 재고량을 확보해야 한다는 점을 미스터 타일이 알려주면서 인력 독점 공급자에게 단호하게 못을 박았다.

"한 달 이내에 인부 백 명을 더 구해주시오."

"네, 미스터 타일. 할 수 있는 데까지 해보겠습니다." 마리노가 조심스레 대답했다.

"아니요! 아니에요! 그렇게 말하면 안 돼요! 무조건 구해주시오! 무조건! 이런 사소한 일 하나 제대로 못 하는 사람은 우리와 같이 사업할 자격이 없소! 알겠소?"

"그렇지만, 미스터 타일, 지금 꼴까에서 인부를 데려오는 게 좀 어려운 일이 아닙니다. 그리고 인디언들도 오기 싫어하고요. 너무 멀대요. 급여도 너무 적다고 하고. 가족을 데려오고 싶어 하고요. 초기 인부들의 의욕은 더는 찾아볼 수 없습니다…"

경직된 자세로 책상에 앉아서 호세 마리노의 말을 듣던 미스터 타일이 파이프 담배를 쭈욱 빤 다음 냉담하게 내뱉었다.

"긴말하지 않겠소. 한 달 내에 인부 백 명! 어떻게 해서든!"

그리고 지사장이 딱딱한 표정과 뻣뻣한 자세로 사무실에서 나갔다. 생각에 잠긴 채 할 수 없다는 듯한 얼굴로 호세 마리노가 몇 걸음 뒤에서 따라 나갔다. 그런데 사실, 이런 대화는 두 사람 사이의 친분, 진정한 친분이라 할 수 있을지 모르겠지만, 그 관계에 금이 가기는커녕 오히려 더 끈끈하게 하였다.

잡화점에 돌아온 호세 마리노가 자기 작별 모임에 미스터 타일이 참석하게끔 해달라고 마추까에게 부탁하였다.

"미스터 타일과 미스터 바이스 오게 해 주시오."

"어려울 텐데…"

"이 사람이!… 얼른 가서 저들을 데려오시오. 마치 당신이 초대하는 것처럼. 그리고 나에 대해서는 한마디도 언급하지 말고. 그냥 잠시만이라고 둘러대시오."

"지금 일하는 중이라서 불가능해요. 아시다시피, 저들은 오후에만 잡화점에 들르잖아요."

"허, 이 사람! 그냥 가서 데려오라니까! 게다가 벌써 점심시간이 되어 가는데…"

마지못했지만 마추까가 가서 두 사람을 데려오는 데 성공하였다. 그리고 호세 마리노는 미스터 타일에게 굽신거리며 극진한 대접을 하였다. 그러나, 세계대전에 뛰어들 순간이 임박한 미국에 보내야 할 텅스텐 채굴량에 관한 Mining Society의 지시 수행에 임하는 타일의 자세에는 호세 마리노의 꼼수가 아무 영향을 끼치지 못했다.

"한번은 가게에서 그 양키놈한테 다시 말을 꺼냈어." 호세 마리노가 동생 마떼오에게 이야기하였다. "그런데, 자기가 내린 결정이 아니라서 어쩔 수 없대. 그리고 정말 안타깝지만, 자기도 위에서 내려온 지시를 따를 뿐이래."

"그럼, 이제 어떻게 하지?" 마떼오가 물었다. "끼빌까 그리고 주변에서 끌어모을 인디언이 있어야지. 안되면 소라족이라도?"

"뭐? 소라족?" 호세가 짜증이 난 듯 대답했다. "그놈들 갱에 들여보낸 지가 언제고 한 놈도 남지 않고 사라진 지가 언제인데! 무식하고 미개한 것들! 그것들 장비나 기계를 피해 다닐 줄도 몰라서 갱도에서 다 뒈졌잖아…"

"그러면, 어쩌지?" 마떼오가 답답해하는 표정으로 다시 물었다. "무슨 방법이 없을까?"

"현재 계약한 인부들이 몇 명이야?"

"스물세 명. 이번 달 20일 전에 끼빌까로 출발하기로 했어." 계약서와 장부를 뒤적이면서 마떼오가 대답했다.

"그래서 만나봤어? 출발하겠대?"

"2주 전쯤에 아홉 명을 만나봤는데, 지난 주말 전까지 끼빌까로 출발하겠다는 약속을 받았어. 그런데 아직 떠나지 않았으면 다시 찾아가서 가게끔 만들어야지."

"이 지역에 ⸰부(副)대장 사무실이 있지?"

"응, 바로 이곳에 있지."

"좋아. 그러면, 내일 당장 군인 두 명을 요청해서 ⸰촐로들 찾아가서 만나는 거야. 걔네 어디 살지? 어서 찾아봐..."

마떼오가 계약서를 뒤지면서 인부 한 명 한 명씩 이름과 주소를 읽은 다음 간추려서 말했다.

"끄루스, 삐오, 그라도스 그리고 촐로 라우렌시오는 내일 가서 볼 수 있어. 먼저 초꼬다를 들르고, 모레는 꼰라, 그리고 마지막으로 꾼구아이 지역으로 이어서 한 번에..."

"아냐, 아냐, 야냐! 내일 모두 만나봐야 해! 니가 말한 그 아홉 명 모두. 한 명도 빠짐없이! 꼭두새벽이든 늦은 밤이든." 호세가 동생의 말을 끊으며 되받아쳤다.

"그래? 그럼, 그렇게 하지. 당연히 만나볼 수 있어. 군바리들, 평소처럼 몇 푼 찔러주고, 술 한잔, ⸰꼬까 그리고 담배 몇 갑 주면 못 하는 짓이 없으니까."

"맞아! 그렇지!" 작심한 듯 호세가 소리쳤다.

노란 장화, 큰 비단 목도리 그리고 현란한 옷차림의 두 사람은 방에서 오갔다.

마리노 형제는 ˚몰리엔도 출신이었다. 이들은 12년 전쯤 산악 지대에 있는 이곳 꼴까에 나타나 꼬메르시오가(街)에 구멍가게를 열었다. 형제는 좁은 가게에서 살면서 설탕, 비누, ˚찬까까, 성냥, 등유, 소금, 고춧가루, 쌀, 양초, 건면(乾麵), 차(茶), 초콜릿 그리고 ˚럼 같은 생활필수품을 판매하였다. 가게를 마련한 밑천은 어디서 나왔는지 정확히 아는 사람은 없고, 이 두 사람이 꼴까에 나타났을 당시 지닌 재산이라고는 몰리엔도의 기차역에서 하역 인부로 일하면서 모은 400˚솔이 전부였다는 소문만 있었다.

이들이 언제 그리고 어떻게 프롤레타리아 신분에서 사업가 또는 부르주아로 탈바꿈했을까? 몰리엔도에서 막노동하면서 살던 때의 노동자 정신을 꼴까에서 장사를 하면서 잊지 않았을까?

1909년 6월 어느 날 밤, 이 형제는 뜻밖에 찾아온 기회에 사회적 신분 상승을 거머쥐었다. 그 변모는 그야말로 놀랍기 짝이 없었다. 이들의 역사적인 비약에는 곤혹스러움과 동시에 서커스 공연의 막바지 쇼처럼 잘 꾸며지고 치밀한 면이 있었다.

어느 날, 꼴까시(市) 시장의 본명축일 만찬에 마리노 형제가 초대받았다. 이곳으로 이주한 뒤 지역의 사교계와 처음으로 어울릴 기회가 이들에게 주어진 것이었다. 그러나 두 사람에게 이 초대는 그야말로 날벼락

같아서 처음에는 어안이 벙벙하고, 히죽거림을 도무지 멈출 수 없는 동시에 극적이었다.

사실, 마리노 형제는 이런 종류의 기회는 상상조차 하지 않았거니와, 기회가 있어도 어떻게 처신해야 할지 모르고 버거워하는 인물들이었다. 호세도 마떼오도 상류층 사람들 사이에서 주눅이 들고 창피한 일이 발생하지 않을지 두려움에 가까운 걱정에 사로잡혀 그 만찬에 가기를 꺼렸다. 자신의 프롤레타리아 계급 기질이 상류 사회의 분위기를 감당할 수 있을지 심히 두려웠다. 급기야 두 사람은 상대방에게 만찬에 참석하라고 떠밀면서 티격태격하였다. 그래서 할 수 없이 동전을 던져 결정을 내렸는데 마떼오가 참석하게 되었다. 그는 캐시미어 외투, 양털 모자, "셀룰로이드 소맷부리와 "옷깃이 있는 셔츠, 넥타이 그리고 새 "에나멜가죽 구두로 차림을 하였다.

마떼오는 자신이 멋지다고 느꼈다. 심지어 여느 부르주아가 된 듯한 기분에 살짝 들떴다. 익숙하지 않은 구두 때문에 발가락이 아프기 전까지는. 새 구두이고 두 번 다시 주어지지 않을 기회에 걸맞게 신을 마땅한 다른 신발이 없었다.

"안 갈래. 너무 아파서 한 걸음도 못 떼겠어..." 얼굴을 찡그리고 털썩 주저앉으면서 마떼오가 투덜거렸다.

그러자 호세가 동생을 설득하였다.

"우리를 초대한 사람이 시장이야! 시! 장! 시장 가족, 부(副)대장, 판사, 변호사, 이곳 꼴까 상류층, 그 사람들과 같은 자리에 앉아서 식사한다는 게 얼마나 큰 영광인지 몰라? 그러니까, 얼른 가! 딴생각하지 말고! 오늘 만찬에 가야 앞으로도 판사, 의사 그리고 하원 같은 상류층 사람들이 우리를 계속 초대할 거란 말이야. 이런 일이 반복되다 보면 우리도 이 지역의 유지 대접을 받을 수 있어. 그러니까, 모든 게 오늘 밤에 달려있어. 너도 알게 되겠지만, 제일 어려운 게 사교계에 들어가는 거야. 명예나 돈은 그다음에 때가 되면 저절로 오게 되어있어. 좋은 인맥이 있으면 불가능한 게 없어. 우리가 언제까지 뼈 빠지게 일하면서 밑바닥 취급 받을 건데?..."

어느덧 만찬이 시작할 시간이 다가왔다. 호세가 인내심을 가지고 설득하고 달랜 덕분에 마떼오가 새 구두로 인한 통증을 무릅쓰고 그 만찬 장소로 나섰다. 발가락의 아픔은 이루 말할 수 없었고 숨기려고 하였지만 절뚝거리는 모습이 역력하였다. 시장 저택의 홀에 들어서서 많은 구경꾼 사이로 지나가는데 발이 무언가에 부딪혔다. 순간 고꾸라질 만큼 아파서 어쩔 줄 몰라 하는데 연회장 문에서 하객을 맞이하는 시장 부인과 눈이 마주쳤다.

순간, 자기도 모르게, 마떼오 마리노는 뒤통수에 번개가 내리치는 듯한 아픔에도 불구하고 즉흥적으로 그리고 아주 자연스레 무릎을 살짝 꿇으면서 완벽한 예의를 갖추어 그녀에게 인사하였다.

"뵙게 되어 영광입니다."

그리고 시장 부인과 악수를 나눈 다음 당당하고 유연한 모습으로 자리에 가서 앉았다.

이렇게 그날 밤, 시장 부인과 마떼오 마리노 사이의 사회적 배경과 신분 격차는 문제없이 잘 넘어갔다. 며칠 뒤, 시장 부인이 남편에게 진지하게 말했다.

"저기, 여보. 마리노 씨는 정말 멋진 분 같아! 앞으로 빠지지 않고 초대해야겠어요."

마리노 형제에게 피붙이라고는 오로지 꾸초밖에 없었다. 마떼오와 치차 장사하던 여자 사이에 태어난 아들이었다. 그러나 아이의 생모는 다른 남자와 눈이 맞아 태평양 해안 쪽으로 달아났다.

마떼오는 가게와 연결된 저택에서 생활하였다. 가게와 집은 '마리노 브라더스'의 자산이었다. 형과 동생이 저택의 큰 방에서 자신들의 사업과 계획에 관한 이야기를 이어가고 있었다.

"그래, 끼빌까 일은 잘되고 있어?" 마떼오가 형에게 물었다.

"그럭저럭… 양키들이 너무 깐깐한 것 말고는… 무엇보다 미스터 타익… 그 인간, 꽉 막힌 놈이야. 젠장! 지겨운 놈이야!"

"아무리 그래도, 형, 잘 구슬려야지."

"뭐? 구슬려? 구슬려야지?" 호세가 회의적이고 비웃는 어투로 되받아쳤다. "내가 무슨 별별 짓을 했는지 너는 상상도 못 해… 양키들, 그 두 놈, 정말 빌어먹을 것들이야. 내가 거의 매일, 마추까, 루비오, 발다사리를 시켜서 그 자식들이 가게에 오게 해. 그리고 자기들이 내키는 대로 술 마시게끔 내버려둬. 한 푼도 안 받고. 종종 계집년들도 붙여주고. 인부들 숙소에 가서 같이 지랄도 떨고. 사흘이 멀다 하고 저녁 식사에 초대하고 말이야. 그것도 모자라서, 그놈들 앞잡이 노릇까지 나서서 하고 말이야..."

"그래! 그렇게 해야지!"

"내가 미스터 타일 그놈한테 무슨 바람을 넣었는지 알아?" 호세가 히죽거리며 말을 이어갔다. "그놈이 치마 두른 빗자루만 보아도 발정이 나는 짐승인 걸 내가 잘 아니까, 루비오의 여편네가 자기에게 미쳐있다고 말했어. 여기로 오는 날 그 말을 툭 던졌지. 일꾼들 구해달라는 문제로 나를 괴롭히길래, 그렇게라도 구워삶아서 한 달 이내에 백 명을 구하라는 압박에서 좀 벗어날 수 있을까 해서..."

"그랬더니 뭐래?"

"요지부동이 따로 없어! 빌어먹을 양키 놈이 실실대기만 하더라고. 까딱하면 루비오가 눈치챌뻔했어. 그래서 양키 놈을 술에 절어 나자빠지게 하려 했는데 이 새끼가 마시고 마셔도 끄떡도 하지 않더라고. 나중에는 발다사리에게 넌지시 설득하라고 시켰는데, 그것마저 안 통했어. 발다사리의 말을 전혀 못 알아듣는 등신인 척하더라고. 결국은 빈손! 건진 게 하나도 없어!"

"그나저나, 루비오 여편네가 정말 그 양키에게 빠져있어? 아니면 니가 꾸며낸 거야?"

"빠져있기는 무슨! 그냥 내가 지어낸 말이야. 그 망할 양키 놈에게 알랑거리면서 반응을 보려고. 그런데 말이야, 그놈이 정말 욕심을 냈다면, 루비오도 그 여편네도 분명히 마지못한 척하면서 맞장구쳤을걸. 루비오 그 인간이 이득 되는 일이라면 지 여편네쯤이야 그냥 내다 파는 놈인 걸 너도 잘 알잖아…"

"아무튼…" 마떼오가 자리에서 일어나면서 말했다. "이제 잘 시간이야. 형도 많이 피곤할 테고 내일 우리가 해야 할 일이 쌓여있어…" 그리고 방문에 다가가서 소리쳤다. "라우라!"

"네! 잠시만요!" 라우라가 대답하는 소리가 부엌에서 들렸다.

라우라는 아직 풋풋하고 싱그러운 원주민이었다. 하루라도 남 뒷담을 안 하고는 못 배기는 그녀의 아버지가 여덟 살 나이의 딸을 성당의 주임 신부에게 팔아넘기는 바람에 그녀는 태어나서부터 생활하던 고원에서 내려오게 되었다. 사제는 곧바로 손따 지역의 어느 농장주인 노파에게 그녀를 보냈다. 그리고 2년 전쯤에 마떼오 마리노가 그녀를 꼬드기고 거의 납치하다시피 하여 데려왔다.

'마리노 브라더스'에서 그녀의 역할은 참으로 다양했다. 요리, 빨래, 청소, 집사, 몸종 그리고 마떼오의 노리개까지. 심지어 호세 마리노가 꼴까에 들를 때 종종 마떼오 몰래 '큰 사장'과 잠자리를 같이하였다. 마떼오는 오래전부터 이런 사실을 의심하였지만, 최근에서야 확신이 섰다. 그러나 라우라의 그런 행위는 형과 동생 사이의 개인적 그리고 사업관계에 아무런 영향을 끼치지 않는 듯 보였다. 오히려 같은 여자의 육체에서 자신들의 욕정을 채운다는 점이 두 남자를 더 끈끈한 형제애로 묶는 듯하였다. 여느 삼각관계에서처럼 질투나 알력이 생길 법도 하였지만, 호세와 마떼오 사이에는 그 어떤 균열도 없어 보였다.

라우라가 방에 들어오자 두 남자는 곁눈으로 넌지시 그녀를 훑었다. 호세는 벌써 욕정을 느끼면서, 마떼오는 은근히 걱정하면서. 그녀가 저녁을 준비하고 차려줄 때는 사업 문제를 논의하느라 그녀를 거들떠보지도 않았지만, 이제 밤이 늦었고 잠자리에 들 생각을 하니, 형제의 눈빛이 심상치 않게 희번덕거렸다.

"형 침대는 준비되었지?" 마떼오가 물었다.

"네, 주인님. 준비되었습니다."

"그래. 말에게 먹이는 주었고?"

"네, 주인님. 건초 3분의 1 정도 주었습니다."

"잘했어. 그러면 나중에, 말 몸이 좀 더 식으면, 안장을 풀어주고, 3분의 1을 더 줘."

"알겠습니다, 주인님."

"그리고, 내일 아침 일찍, 사팔뜨기 루까스 집에 가서 검은 노새를 끌어오라고 해. 늦어도 아홉 시까지. 무슨 일이 있어도. 내가 농장에 가봐야겠어…"

"잘 알겠습니다, 주인님. 또 필요하신 거 없습니까?"

"응, 그래. 이제 가서 쉬어."

라우라가 공손한 몸짓을 하였다.

"그럼, 두 분 편히 주무십시오." 깍듯이 허리를 굽혀 인사한 다음 방에서 나갔다.

"그래. 잘 자."

마리노 형제는 조심스러운 걸음걸이로 멀어져 가는 그녀의 뒷모습을 뚫어지게 지켜보았다. 탄탄하고 날씬한 몸매, 발목까지 덮는 검붉은 치마, 잘록한 허리, 산들대는 골반, 반듯한 어깨, 세 가닥을 딴 검은 머리, 상대방을 흘리는 자태...

두 사람의 침대는 같은 방에 있었다. 잠자리에 눕고 양초를 끄자 방이 고요함에 묻혔다. 잠이 오지 않았지만 두 남자는 잠든 척하였다. 눈을 감았지만 방금 봤던 하녀임과 동시에 노리개인 라우라의 뒷모습이 너무나도 생생하게 머릿속에서 맴돌았다.

그녀는 부엌에서 자기 잠자리를 준비하고 있었다. 어느 순간 그녀의 발걸음 소리가 들렸다. 그리고 짚으로 만든 깔개를 조심스레 펼치는 소리도. 이어서 라우라가 어깨를 천천히 펼치고 숨을 깊게 내쉬며 종아리를 주물렀다. 오늘 하루가 꽤 길었다. 잠시 뒤 한쪽 구두를 깁기 시작하였고 '마리노 브라더스'에 관한 생각에 잠기었다.

어려서부터 벽지에서 벗어나 생활한 덕분에 그녀는 나름대로 세련됨을 갖추었고 마을의 여느 아가씨 못지않은 습관과 관심사를 가지고 있었다. 글을 읽고 쓸 줄 알았고, 마떼오에게서 받는 푼돈을 모아 귀걸이, 머리띠, 흰 손수건, 면양말 같은 물품을 몰래 구매하곤 하였다. 한번은 구리 반지와 굽이 있는 구두를 샀다. 일요일이면 때로는 자기 사장이자 주인이며 자기에게 수컷의 발정을 푸는 마떼오가 일어나기 전에 아침 일찍 성당에 가서 미사를 드리기도 하였다.

그리고 언제부턴가 그녀는 막연하고 몽상적인 에로티시즘에 빠졌다. 그녀의 나이 이제 갓 스무 살. 누구를 사랑하고 싶은 마음은 당연히 있었겠지만 한 번이라도 남자와 애정을 나눈 적이 없었다. 이곳 꼴까에서 내로라하는 인물 중 한 명인 마떼오 마리노의 총애를 받는 여자로 남의 눈에 보이고 싶은 허영심 때문에 자신의 처지를 미화하면서 마음을 구슬리고 억눌러 보았지만, 자기 주인을 향한 그녀의 진심은 증오이었다. 불그스레한 피부의 40대, 흐린 눈동자, 변변찮은 생김새, 무례하고, 더럽고, 자기 형과 누가 더 인색한지 경쟁하는 듯한 자린고비 마떼오가 라우라는 역겨웠다. 게다가 집에 손님이 있을 때마다 마떼오는 어김없이 라우라에게 노골적으로 멸시와 모욕을 안기는 말과 행동을 서슴지 않았다. 그의 이런 못되고 몰상식한 언행은 그녀가 그의 노리개라는 사실을 마을 주민 모두가 알고 있음에도 자기 체면을 떨어뜨리는 그 관계를 가리려는 얄팍하고 멍청한 속셈에서 나왔다. 라우라는 그의 이런 짓거리에 마음이 더없이 쓰라렸다.

그런데, 호세와의 관계는 좀 달랐다. 동생이 그녀를 차지하고 있는 바람에 드러내 놓고도 내키는 대로도 그녀를 취할 수 없음을 잘 알기에 호세는 기만과 꼼수로 라우라를 꼬드겼다. 우선, 마떼오는 멍청한 인간이고, 꾸초의 어머니를 비참하게 만들어 눈에 뵈는 첫 남자와 도망가게끔 유도했듯이, 라우라 그녀에게도 똑같은 짓을 할 거라는 말을 에둘러 말하였다. 아울러, 마떼오와 달리 자기는 그녀를 진정으로 아끼고 사랑하고, 만약 동생이 그녀를 내치면 자기는 노리개가 아니라 정부(情婦)로 받아들일 마음이 있다고 꼬드겼다. 뿐만이 아니라, 라우라에게 그 어떤 약속도 하지 않는 마떼오와 달리, 호세는 그녀에게 금전적으로 도와주겠다는 약속을 아끼지 않았다. 비록 실행에 옮긴 적은 한 번도 없지만. 즉, 호세는 알랑거리고 라우라에게 푹 빠진 척 하면서 그녀를 구워삶을 줄 알았다. 그녀는 여태껏 이런 모습을 마떼오에게서 본 적이 없었다. 라우라와 호세의 관계가 부적절하다는 사실이 한편으로는 그가 마떼오처럼 그녀에게 매몰차거나 난폭하게 행동하지 못하게 하였고, 다른 편으로는 여자라서 딱하게도 그럴듯한 방도가 없어서 마리노 형제와의 이런 삼각관계에서 벗어나지 못하고 그들에게 의존할 수밖에 없는 현황을 이어가게끔 하였다.

사실, 그녀의 가슴속에는 자기를 괄시하는 마떼오에 대한 복수심이 응어리져 있었다. 그리고 모든 정황을 미루어 볼 때, 라우라는 호세를 사랑하기는커녕 마음에 두고 있지도 않았다. 전혀. 한 걸음 더 나아가서 엄밀히 말하자면, 그녀는 마떼오를 혐오하는 만큼 호세를 역겹게 여기지 않을까 싶었다. 어쨌든, 호세와의 관계는 불안정하고, 흐지부지하고, 맥없고, 따분하다는 생각이 들었다. 솔직히, 이 남자에게서 감흥은 고사하더라도 사소한 느낌조차 받지 못한다는 사실을 깨달은 적이 한두 번이 아니었다. 그리고 좀 더 곰곰이 생각할수록, 자기 마음속에는 호세를 향한 증오심도 도사리고 있음을 알게 되었다...

구두를 기우면서 라우라는 이런 생각에 빠져있었다.

침대에 누운 두 남자 역시 생각에 빠져있었다. 호세는 그녀를 취하고 싶은 욕정에 머리가 마비되는 듯하였고, 마떼오는 그녀와 형 사이에 벌어질 수 있는 상황 때문에 심기가 너무 뒤숭숭하고 언짢았다. 호세는 지금 당장 부엌으로 뛰쳐나가고 싶었고, 마떼오는 행여 형이 부엌으로 갈세라 온 신경이 곤두세워졌다. 호세는 마떼오가 잠들기를 기다렸다. 비록 동생이 자기와 라우라의 관계를 알게 되었지만, 결국은 모른 척할 것이니, 동생이 잠들 때까지 기다리고 참으면 된다고 여겼다. 그러나 호세의 이런 추측과 기대는 마떼오의 생각과 의지와는 거리가 멀었다. 마떼오는 왠지 오늘 밤 처음으로 질투 같은 감정에 걷잡을 수 없이 휘둘리고 있었다. 그런데, 자기와 형이 수컷의 발정을 라우라의 육체에서 식히고 해소한 적이 어디 한두 번이었나? 오늘 밤도 여느 때와 다른 게 전혀 없는데, 왜 이렇게?... 심지어 마떼오는 형이 부엌으로 가는 상황을 상상하는 일마저도 진저리가 났다.

그렇게 시간이 흘렀다. 원주민 여자와 마리노 형제, 세 사람이 각자의 생각에 빠진 채. 잠시 뒤 두 남자는 그녀가 밖에 나가서 말에서 안장을 내리고 먹이를 주는 소리를 들었다. 굽이 없는 구두를 신은 그녀의 발걸음 소리가 나지막하고 길게 들렸다. 그녀의 기척에 호세의 마음이 더 들끓었다. 자기도 모르게 순간 침을 꿀꺽 삼켰다. 그 소리를 들은 마떼오는 형이 잠들지 않았음을 알아차렸고 명치 부위가 찔린 듯이 아프면서 속이 울렁거렸다.

밖에서 돌아온 라우라가 문을 쾅 닫았다. 순간 두 남자는 소스라쳤다. 호세는 신호라고 여겼다. 그녀의 마음에 자기가 있고, 그녀가 자기의 욕정에 고삐를 풀어줄 만반의 준비가 되었다는 의미의 신호. 마떼오 역시 신호라고 여겼다. 그런데 형을 부르는 신호인지, 아니면 오늘 밤에는 자기만을 품겠다는 약속을 암시하는 신호인지... 긴가민가하였다. 호세는 본능을 더는 통제할 수 없는 지경에 다다른 느낌이었다. 침대에서 펄떡 돌아누웠다.

짚으로 만든 덮개를 까는 소리에 이어 젊고 풋풋한 원주민 여자가 눕는 소리가 들려왔다. 두 남자는 욕정의 발톱이 자신들의 몸을 사정없이 할퀴고 침대가 불타는 듯 느꼈다. 자신들과 그녀 사이를 가로막는 홑이불이 거추장스러웠다. 어둠에 묻힌 방에 누워있는 그들의 눈앞에 온갖 형상이 떠돌기 시작했다... 어느 순간 자신들도 모르게 서로 등을 돌린 채 벽을 향하여 침대에 누워있었다.

어느 순간 참다못한 마떼오가 침대에서 벌떡 일어났다. 그 소리를 들은 호세의 머리가 쭈뼛하고, 숨이 멎으면서 피가 거꾸로 솟는 기분이었다. 걷잡을 수 없는 질투심에 목이 옥죄이는 듯하였다. 마떼오가 문을 살그머니 열고 맨발로 복도에 나갔다. 그는 형이 이 모든 상황을 귀 기울여 듣고 있다는 사실을 당연히 알고 있었다. 그러나 젊고 고혹적인 저 여자의 주인은 엄연히 자기이고 욕정에 하얗게 달구어진 자기 몸을 어떻게 자제할 방법이 없는 마당에 다른 사람의 눈치 따위는 볼 마음도 겨를도 없었다.

이어서 마떼오가 부엌문을 긁는 소리가 들렸다. 라우라는 매일 밤 자기를 찾는 남자가 문 뒤에 있음을 알아차렸다. 감정의 무자비한 채찍질에 온몸이 부들부들 떨리는 호세가 안절부절 견딜 수 없는지 방문에 다가가서 귀를 바짝 댔다.

라우라가 잠시 머뭇거렸다. 기다리던 반응이 즉각 없자 그녀가 문을 열지 않으리라는 생각이 마떼오의 머리를 스쳤다. 그러나 결국 주인에게 순종하는 노예근성이 그녀를 깔개에서 일어나게 하였다. 어둠 속에서 조용히 일어나서 까치발을 하고 문으로 향했다. 기다리지 못하고 안달이 난 마떼오가 다시 문을 긁었다. 이번에는 거세게. 그녀는 주인의 독촉에 서두르다가 발이 절구에 부딪히는 바람에 바닥에 넘어지면서 쿵 하는 소리가 났다.

급기야 마떼오가 숨을 헐떡이며 문을 열고 잽싸게 들어갔다. 이런 상황을 한 점도 빠트리지 않고 온 신경을 곤두세워 듣던 호세가 침대로 돌아왔다. 욕정에 숨이 가쁘고, 부엌에서 벌어질 상황이 자기 눈앞에서 맴돌아 마치 독극물을 마시고 거품을 내뿜으며 노호하는 야수 같은 잠긴 소리가 가슴팍에서 치솟아 올랐다.

넘어지면서 한쪽 손목, 어깨 그리고 골반을 접질린 라우라가 일어나지 못하고 부엌 흙바닥에 누워있었다. 손목에는 피가 흘렀고 억누르지 못한 신음이 꽉 다문 입에서 삐져나왔다.

마떼오의 본능은 이런 상황 따위에는 아랑곳하지 않았다. 처음에는 그녀의 손을 잡고, 부드럽게 쓰다듬고 피를 핥다가, 어느 순간 여자의 다친 손을 와락 내치더니 평소대로 짐승같이 거친 숨을 내쉬면서 그녀의 몸을 부둥켜안고 욕정을 채우기에 정신이 없었다. 그동안 두 사람 사이에 한마디의 말도 오가지 않았다.

잠시 뒤 마떼오가 바닥에서 일어나 조심조심 손으로 더듬으면서 문에 다가갔다. 그리고 밖으로 나와서 문을 조용히 닫은 다음 복도 끝에 가서 느긋하게 오줌을 누었다. 침대에 누워있던 호세는 팔다리에 열풍이 몰아치고 살점이 뜯기는 듯 아팠다. 홑이불을 머리까지 와락 덮었다. 숨을 고르기가 힘들었다. 나중에 마떼오가 방에 들어오자, 호세의 등에는 뜨겁다 못해 뼈를 녹일듯한 땀이 흘러내렸다.

라우라는 계속 바닥에 누워있었다. 눈물을 흘리면서. 일어나려고 했지만 그럴 수 없었다. 골반에 뼈가 부러진 듯한 통증을 느꼈다.

침대에 눕는 마떼오가 갑자기 서늘하고 평온함을 느꼈다. 생각했다. 보기에는 형이 잠들었지만, 사실은 어림도 없는 일이다. 형이 부엌으로 갈 마음이 식었을까? 그럴 리가! 라우라라면 사족을 못 쓰는데! 그런데 지금은 그에게서 형을 향한 불편한 심기를 티끌만큼도 찾아볼 수 없었다. 호세와 그녀가 서로 끌어안는 상상이 전혀 언짢지 않았다. 그리고 무겁고 참을 수 없는 졸음이 몰려왔다.

잠시 뒤, 기어코 자기 몫을 챙기고 싶은 호세가 마침내 일어나서 문을 열고 부엌으로 향했을 때 마떼오는 이미 코를 골면서 깊은 잠에 빠져있었다.

호세가 부엌문을 밀치고 들어갔다. 라우라는 심한 통증에도 벌떡 자리에서 일어나려고 하였다. 남자는 여자를 찾아 조급한 마음으로 어둠 속에서 더듬었다. 마침내, 그녀의 몸에 그의 손이 닿았다. 떨리고 땀에 젖은 손으로 여자의 젖가슴을 움켜쥐자 그녀의 호흡이 가빠지기 시작하였다. 그녀의 눈물에 젖은 입술과 호세의 튼 입술이 뜨겁고 긴 키스에 빠졌다. 그녀가 울음을 그쳤고 몸에는 전율이 흐르기 시작했다. 그녀 역시 욕정에 타고 있었다. 단지 호세가 마떼오와 다른 남자라는 이유만으로. 사실, 그녀의 몸은 지루하고 미숙한 자기 주인의 몸이 아닌 다른 남자의 품이라는 조건만으로도 본능에 기꺼이 휘둘렸을 테다. 게다가 이렇게 애무와 열정이 넘치는 만남이 불허된 일이라는 점이 더더욱 몸을 들끓게 하지 않았을지. 그래서일까 라우라는 마떼오와는 너무 다른 마음으로 호세를 받아들였다. 이 산골뜨기 원주민 여자 역시 마을의 여느 아가씨 못지않게 불륜의 짜릿함에 끌림과 욕심이 꽤 많았다.

 그녀의 몸을 부둥켜안고 숨을 헐떡이던 호세가 어느 순간 낯선 냄새를 느꼈다. 이상해서 잠시 멈칫했다. 무슨 냄새지? 익숙한 이 여자의 냄새 그리고…? 코를 자극하는 이 냄새는 어디서 나지? 라우라의 냄새가 맞나? 아무래도 다른 냄새가 섞인 듯한데…? 갑자기 마떼오의 얼굴이 호세의 머리를 번뜩 스쳤다. 수컷의 깊고 격렬한 수치심에 식은땀이 흘렀다. 그랬다! 조금 전까지 이 원주민 여자의 몸이 마떼오의 체액에 젖지 않았나! 수컷 본능의 기세가 여지없이 그리고 한없이 꺾이는 듯하였다. 그러나, 잠시뿐이었다. 기세를 되찾은 호세의 본능이 고삐 풀린 듯 저돌적으로 몰아쳤다.

라우라를 기껏해야 한낱 노리개로밖에 여기지 않았기에 호세에게 애무나 달콤한 약속 따위는 자신의 욕정을 채우기 위한 겉발림에 불과했다. 그래서 자기 몫을 챙기자마자 자리를 뜨면서 너무나 자연스럽게 나지막이 경멸 어린 말투로 내뱉었다.

"겨우 이것 때문에 개고생을 하다니…"

"저기, 주인님!" 라우라가 애원하듯 말했다. "잠시만요. 드릴 말씀이 있습니다."

"뭐야?" 그녀에게서 거리를 두고 언짢은 표정을 지으며 호세가 쏘듯이 물었다.

"제가 임신한 것 같아요."

"임신?" 호세가 피식 웃었다. "말 같지 않은 소리 하고 있네!"

"아니에요, 주인님. 임신한 게 분명해요."

"그걸 어떻게 알아?"

"아침마다 헛구역질이 나요."

"그러면, 언제부터 임신했다는 생각이 들었어?"

"잘 모르겠지만, 아무튼, 임신한 게 거의 확실해요."

"지랄하네!" 기분이 상한 호세가 짜증이 난 소리로 물었다. "그래, 마떼오가 뭐라고 하던?"

"아무 말씀 안 드렸어요."

"뭐? 아니, 왜?"

라우라가 대답하지 않았다.

"말해보라니까! 어서!" 호세가 다그쳤다. "왜 그런 일을 내 동생에게 말 안 했어?"

순간 두 사람 사이에 싸늘하고 넘을 수 없는 벽이 솟아올랐다. 방금 호세가 내뱉은 말의 뜻을 라우라가 한 치의 여지도 없이 명확하게 알아차렸듯이, 호세 역시 그녀의 침묵이 던지는 메시지를 분명히 파악하였다. 그에게 이 원주민 노리개의 배 속에 있는 태아의 아버지는 마떼오이었지만, 그녀는 호세가 태아의 아버지라고 믿었다. 라우라는 계속 아무 말이 없었다.

"웬 말 같지 않은 일이...!" 호세가 투덜거리며 자리를 뜨려고 하자 라우라가 신음 같은 소리를 내며 그의 팔을 붙들었다.

"큰 주인님 아이라고요! 작은 주인님 아이가 아니고!"

어둠 속에서 호세가 조롱 섞인 미소를 지었다.

"뭐? 내 아이? 내 동생이 싼 똥을 내가 치우라는 거야?"

"아니에요! 아니에요, 주인님! 주인님 아이가 맞아요! 분명해요!" 그녀가 나지막이 울음을 터뜨렸다.

"아니, 내가 니 얼굴을 못 본 지 한 달이 넘었는데, 무슨...!"

"그때 아이가 선 거에요! 그때! 우리가 마지막으로 봤을 때!"

"니가 그걸 어떻게 알 수 있어? 무슨 수로? 같은 날 밤에 니가 내 동생과 나랑 줄씹한 적이 어디 한두 번이야?"

그 말을 들은 라우라는 문득 뭔가 불편했다. 흐르는 땀 때문인지. 누워있는 자세 때문인지. 접질린 부위 때문인지. 자세를 바꾸자 자기 몸

은밀한 부위에서 흘러나오는 체액을 느꼈다. 그러자 그녀는 풀리지 않을 의문에 사로잡혔고 두려웠다. 사실 호세의 말이 틀리지 않았다. 두 남자 중에 누가 자기 배 속에 있는 아이의 아버지인지 확신할 수 없지 않은가? 지금, 이 순간에도 자기 몸속에 두 남자의 체액이 섞여서 어떤 게 누구 것인지 가려내기가 불가능한데...

"니가 그걸 어떻게 알 수 있냐고?" 호세가 다시 다그쳤다.

자칫하면 그야말로 얼토당토않은 대답이 입에서 튀어나올 뻔했는데 그녀가 용케 잘 참았다. 그래, 아니다! 두 남자가 자기 배 속에 있는 아이의 아버지가 될 수 없지! 생모가 두 명인 아이가 없듯이 생부도 두 명일 수 없지 않은가! 원주민 하녀는 맞닥뜨린 별도리가 없는 이 암담한 상황에서 그냥 애절하게 흐느끼기만 하였다. 호세는 아무 말도 없이 시큰둥한 얼굴로 방 밖에 나선 다음 조용히 문을 닫았다.

* * * *

다음 날 오전 10시. 마리노 형제는 전날 밤에 의논한 인부 문제로 루나 부대장을 찾아갔다. 이들이 사무실에 도착했을 때 부대장은 면도를 마치는 참이었다.

"그나저나..." 늙은 부대장이 소탈하게 입을 열었다. 옆 사무실에 가서 술 한 병과 잔을 가져오면서 신바람 난 목소리로 말했다. "우선 정말 귀한 술 한 잔 맛봅시다. 어디서 구했는지 아마 상상도 못 할 거요..."

"중국 놈 가게에서?"

"아니요." 잔을 채운 다음 호세와 마떼오에게 건네주고 부대장이 ˚삐스꼬를 한 잔 쭈욱 들이켜며 흥겹게 대답하였다.

"선술집에서?"

"아니요."

"혹시 판사 댁에서?"

"더욱이나 아니오."

호세가 잔을 들고 천천히 맛을 보았다.

"벨라르데 사제(司祭)한테서 구한 거요?"

"맞소!"

"어쨌거나 맛이 훌륭한데!"

"대단하군!"

"야, 정말!"

세 번째 잔을 마실 때 마떼오가 부대장에게 부탁하였다.

"부대장님, 군인 두 명이 필요합니다."

"예? 뭐 하려고?" 술기운이 약간 오른 루나 부대장이 농담 어린 어투로 물었다. "어떤 놈 대갈통에 한 방 박으려고?..."

"그런 게 아니고, 말썽부리는 인부 몇 놈을 만나봐야겠습니다." 호세가 대답했다. "사실, 여간 골칫거리가 아닙니다. 뉴욕에서 더 많은 텅스텐을 보내라는 지시가 내려와서 Mining Society가 한 달 이내에 인부 백 명을 광산에 투입하라고 우리를 압박하는데, 막상 우리와 계약한 촐로들은 계약조건을 지키려 하지 않고 끼빌까 쪽으로 한 발짝도 못 움직이겠다고 하니…"

"그런데 말이오…" 답답하다는 얼굴로 부대장이 말을 끊었다. "무엇보다 내가 손이 부족하다는 게 문제요. 지금 당장 신병 훈련을 도맡을 사람조차 모자란 상황이오. 여러분도 알다시피, 나 역시 형편이 녹록하지 않아요. 다음 달 첫날에 대장에게 최소한 신병 다섯 명을 보내야 하는데, 어디 끌고 올 촐로가 있어야지!… 고작해야 지금 감방에 있는 두 놈밖에 없어요…"

무슨 생각이 스쳤는지 부대장이 광장이 보이는 자기 사무실 문밖에 있는 부하를 큰 소리로 불렀다.

"부르셨습니까, 부대장님?" 졸병 한 명이 나타나더니 문지방에서 거수 경례하였다.

"고참들이 신병 구하러 나섰나?"

"예. 그렇습니다!"

"몇 시에 나섰지?"

"새벽 한 시에 나섰습니다!"

"몇 명?"

"하사님을 포함해서 네 명입니다!"

"지금 부대에 고참이 몇 명 있나?"

"두 명 있습니다!"

"보셨소?" 등을 돌려 마리노 형제를 쳐다보며 부대장이 말을 이어갔다. "나도 사정이 빠듯해요. 한 치의 여유도 없어요. 그리고 이 모든 게 어이가 없다니까요! 고참들이 앞서서 잔머리나 굴리고 있으니! 나를 보좌하는 일을 꺼리고. 술에 절어 있질 않나. 게으르기 짝이 없고. 하다 하다 못해서 신병 끌어오는 조건으로 승진과 포상까지 걸었어요. 게다가 삐스꼬, 꼬까, 담배까지 눈감아 주고. 그리고... 인디언 놈들을 자기네들 마음대로 다루어도 된다는 승인까지 했어요. 채찍질을 하든, 칼로 베든, 찌르든. 나는 알 바 아니고 단지 신병을 데려오면 그만이요. 인정사정 따위는 볼 것 없고..."

부대장의 얼굴에서 냉혹한 잔인함이 뿜어져 나왔다. 문지방에 서 있던 부하가 다시 거수경례하고 자리를 떴다. 부대장이 미간을 찌푸리고 생각에 빠진 채 사무실을 서성이었고, 선 자세로 그를 바라보는 마리노 형제는 깊은 걱정에 사로잡혔다.

"새벽에 나간 고참들이 언제 돌아올까요?" 호세가 물었다.

"아마 오후 네다섯 시쯤..."

"그래요? 그러면 고참들이, 예를 들어, 저녁 여덟 시나 아홉 시에 저희와 같이 인부들을 만나러 갈 수 있겠네요?"

"그건 두고 봐야죠. 어제는 잠을 제대로 못 잤으니 오늘 밤에는 쉬고 싶을 테니까."

"그러면 언제?..." 당황한 호세의 목소리가 살짝 떨렸다. "Mining Society가 저렇게 압박하고 있는데..."

"아시다시피..." 마떼오가 덧붙였다. "공권력의 도움 없이는 저희 업무를 진행할 수 없습니다."

그렇다. 페루에서는, 특히 꼴까, 끼빌까 같은 산악 지대에서는 고용주가 인부들에게 계약조건을 지키게 하는 데 공권력이 없으면 안 된다. 계약을 불이행하거나 위반하는 사람은 치안 당국이 직접 나서서 다스린다. 마치 저들이 범죄자인 듯. 자국 기업이든 다국적 기업이든 이들과 노동계약을 맺은 인부가 합의한 대로 자기 노동력을 제공하지 않으면 곧바로 지명 수배가 내려진다. 이렇게 해서 체포된 인부는 자신을 변론할 기회조차 없이 무조건 계약 이행에 처해진다. 다시 말하자면, 강제노동과 다를 바 없는 꼴이다.

"어쨌거나..." 부대장이 분위기를 누그러뜨리려는 어조로 대답하였다. "서로의 입장을 절충할 수 있는 방법을 찾아봅시다. 그렇게 합시다. 서두르지 말고요..."

"아, 예... 그러죠..." 못마땅한 마리노 형제가 숨을 길게 내쉬며 나지막이 내뱉었다.

루나 부대장이 시계를 꺼내어 살폈다.

"아니, 벌써 10시 45분?" 그가 화들짝했다. "11시에 징병위원회 회의가 있는데..."

때마침 위원회 위원들이 부대장 사무실에 모이기 시작했다. 빠르가 시장(市長)이 제일 먼저 도착했다. 먼 과거에 까세레스 지역에서 "집계원"으로 일한 그는 너무 늙고 어깨가 구부정한 모습 뒤에 교활하기 짝이 없고 뼛속까지 횡령범이었다. 그 뒤를 이어서 "주(州) 담당 의사 리아뇨, 지방법원 판사 오르떼가"박사 그리고 이곳 꼴까 지역의 유지이며 최대 부호인 이글레시아스가 같이 들어왔다.

  의사인 리아뇨는 이 지역에 새로운 인물이었다. 나이는 30대, 이까 지역의 이름난 가문 출신으로 알려졌고, 옷차림이 세련되고 말솜씨가 조리 있고 화려했다. 기회가 있을 때마다 자신을 이상주의자 그리고 애국주의자라고 밝혔지만, 사실은 수단을 가리지 않는 출세주의자임을 숨길수 없었다. 게다가 사교댄스에 아주 능하고. 이런 조건을 갖춘 그에게 지역 아가씨들의 관심과 한숨이 쏠리는 현상은 자연스러운 일이었다.

  리마 출신이며 이곳에 부임한 지 어언 10년이 넘었고 끊이지 않는 종기에 시달리는 오르떼가 판사는 소름 끼치는 뒷소문의 주인공이었다. 그는 도미띨라라는 여자를 노리개로 데리고 있었는데 사리 분별을 하지 못하고 업무에 소홀할 만큼 그녀에게 푹 빠져있었다. 그런데 안타깝게도 그녀가 1년 만에 세상을 떠났다. 떠도는 말에 따르면, 판사가 고인이 된 도미띨라를 잊지 못하여, 장례를 치른 지 몇 주가 지나지 않은 어느 날 밤, 변장을 하고 묘지에 가서 그녀의 무덤을 파헤치게 하였다. 사실 그는 두 남자를 데리고 갔다. 문제의 두 남자는 중대한 사건의 원고이었는데, 이들은 그날 밤 판사에게 제공한 서비스와 침묵의 대가로 재판에서 자기들에게 유리한 판결을 받았다. 그나저나, 무슨 목적으로 판사가 무덤을 파헤치게 했을까? 다시 뒷소문에 따르면, 두 남자는 판사의 명령에 따라 자리를 비켜주었고, 오르떼가 박사는 도미띨라의 주검과 단둘이 남았다. 그리고 본 사람도 들은 사람도 없지만, 판사가 사체와... 성교했다는 기괴망측한 숙덕거림이 나돌았다. 설마! 사실이었을까? 아니 땐 굴뚝에 연기가 날까? 아무리 그래도 시간(屍姦)이라니!... 말이 되는 소리인가? 아무튼, 도미띨라가 세상을 떠난 이후 판사는 음울하고 괴이한 모습을 보였다. 신경이 불안정하고 이상한 행동도 하였다. 그리고 집 밖을 나오는 일이 드물었다. 지금은 도미띨라의 여동생 헤노베바와 같이 산다는 말이 자자했다.

도대체 어떤 엽기적인 현실이 그리고 정신분석학 관점에서 어떤 콤플렉스가 이 판사의 삶 뒤에 숨어있을까? 턱수염에, 약간 절뚝거리며, 항상 솜이나 붕대로 목을 감싸고, 작은 키에 *뽄초 차림으로, 거리를 지나갈 때든 공식 석상에 참석할 때든 안경 너머 그의 시선은 그저 멍하기만 하였다. 사람들은 그를 볼 때 은근히 그리고 참을 수 없는 불쾌감을 느꼈다. 심지어 그가 옆을 지나갈 때 손으로 코를 막으며 한 발짝 물러서는 사람들도 적지 않았다.

이 두 사람과 다르게, 지역 최대 부호인 이글레시아스가 내세울 만한 배경은 지극히 간략했다. 꼴까의 모든 토지 5분의 4가 그의 손에 있었다. '또발'이라고 불리는 그의 비옥한 농지와 목축지의 규모가 워낙 광대해서 일꾼이 몇 명인지, 가축이 몇 마리인지 정확하게 모를 정도이었다. 이렇게 어마어마한 부(富)를 쌓은 그의 비결은 간단하였다. 가난한 사람들을 상대로 고리대금업. 이런 비열한 사업 방식은 지역인들이 자주 부르는 가요나 춤곡의 주제가 될 만큼 모르는 사람이 없었다. "가난한 이들에게 사흘 지난 빵마저 빼앗아 만든 또발..."이라는 노랫말까지 있었다. 그는 자식들이 많았고, 조만간 리마에서 의대를 졸업할 참인 장남이 벌써 주(州) 하원 선거에 출마할 준비를 한다는 소리가 여러 사람의 입에 오르내렸다.

루나 부대장의 행적에는 길고 수많은 분쟁이 따라다녔다. 국경수비대 퇴역 대위이며, 바람둥이이고 도박꾼인 이 인물은 상상을 초월하는 음모를 꾸미는 일에 재능이 뛰어났다. 지난 10년간 별별 성향의 정치인, 상원, 하원, 장관, 행정관 등등을 겪었지만, 공직(公職)에서 내쫓긴 적이 한 번도 없었다. 그러나 성격이 난폭하고 절제를 못 하는 이유로 한 직책에서 오래가지 못했다. 그래서 변방으로 좌천되어 부대장, 경찰서장, 보초소장, 지휘관 등등 이런저런 직(職)을 맡아 전국을 떠돌아다니는 신세가 되었다. 정말 변화무쌍하다 할 만하지만, 그의 공직 생활에 공통점이 있었으니, 다름이 아니라, 그의 계략, 분노조절장애 그리고 악습으로 인하여 근무한 지역 중에 난동, 폭동, 유혈사태가 일어나지 않은 곳이 없다는 사실이었다.

호세와 마떼오가 사무실에서 나오고 징병위원회 회의가 시작하였다. 부대장을 수행하는 사병이 지난 모임의 회의록을 읽었다. 얼굴에 흙이 잔뜩 묻었고, 쉰 목소리에, 멋진 필체의 주인이며 몽상에 빠진 듯한 젊은 사병이 낭독을 마치자, 루나 부대장이 무표정한 얼굴로 참석자들 한 명 한 명을 천천히 둘러보았다. 아무도 이의를 제기하지 않았다. 그러자 부대장이 수행 부하에게 명령하였다.

"안건을 읽게."

사병이 여러 서류를 펼친 다음 큰 소리로 읽기 시작하였다.

"지역 대장님의 전보입니다. 내용은 다음과 같습니다."

부대장. 꼴까. 신병 필요함. 월말. 어김없이. 레데스마 대장.

그때 광장에서 많은 사람의 웅성거림과 불규칙한 말발굽 소리가 뒤섞여 들려왔다.

"잠깐! 신병들 같은데..." 부대장이 자리에서 일어서며 말했다.

"네, 맞습니다. 신병들입니다." 수행 병사가 밖을 내다본 다음 대답했다. "그런데 웬 사람들이 많이 따라왔습니다..."

그러자 징병위원회 위원들이 회의를 중단하고 모두 창가에 다가가서 광장 쪽을 내다보았다.

군인들과 신병들을 따라 사람들이 떼를 지어왔는데 대다수가 구경꾼이었다. 남자, 여자, 늙은이, 어린이. 이들의 관심사는 허리와 목 부위가 밧줄과 가죽끈으로 결박되었고 끝자락이 군인들이 탄 말 안장에 묶인 채 끌려오는 젊은 원주민 남자 두 명이었다. 그리고 이 두 사람의 가족이 울면서 뒤따라오고 있었다. 일행이 부대장 사무실 앞에 도착하자 하사가 말에서 내려 징병위원회 사람들 앞에서 차려 자세를 취한 다음 거수경례하였다.

"두 명입니다, 부대장님!" 하사가 우렁차게 외쳤다.

"신병들인가?" 루나가 경직된 어투로 물었다.

"아닙니다! 두 명 모두 수배되었던 놈들입니다!"

부대장이 다른 질문을 했는데 사람들의 수런거리는 소리에 묻혔다. 그러자 루나가 목소리를 더 높여 물었다.

"이것들 이름이 뭐야?"

"이시도로 예뻬스 그리고 브라울리오 꼰추꼬스입니다!"

그때, 귀까지 덮인 큰 짚 모자, 어깨에는 접힌 뽄초가 걸쳐있고, 너덜너덜한 바지와 재킷 차림에 샌들 한 짝을 손에 들고 서 있던 아주 여윈 어떤 노인이 부대장 앞으로 나왔다.

"주인님! 따이따!" 두 손을 안쓰럽게 모으며 늙은이가 입을 열었다. "우리 브라울리오 풀어줘! 풀어줘! 부탁해, 따이따!"

그 뒤를 이어 50대쯤 되어 보이고 뽄초 차림의 다른 원주민 남자 두 명, 그리고 맨발에 침엽으로 고정된 어깨걸이 차림의 여자 세 명이 울먹이면서 사람들 사이에서 불쑥 나오더니 징병위원회 위원들 앞에 무릎을 꿇었다.

"잘못한 거 없어! 따이따님들! 그런데, 왜, 이시도로를? 주인님들! 풀어줘! 풀어줘! 풀어줘!"

예뻬스의 할머니, 어머니 그리고 여동생이었다. 이들은 무릎을 꿇은 자세에서 간곡하게 청하였다.

브라울리오 꼰추꼬스의 아버지는 부대장에게 다가가서 그의 손에 입맞춤하였다. 다른 원주민 남자 두 명은 이시도로 예뻬스의 아버지와 삼촌이었는데, 이시도로의 아버지가 모자를 벗어 아들에게 씌워 주었다.

순식간에 부대장 사무실 앞으로 군중이 모여들었다. 군인 세 명 중 한 명이 말에서 내리고 두 명은 체포한 원주민 두 명을 결박한 밧줄을 각자 안장에 쥐고 있었다.

* * * * *

브라울리오 꼰추꼬스는 나이가 스물셋 정도, 그리고 이시도로 예뻬스는 열여덟쯤으로 보였다. 이들은 구아까쁜고 지역의 "야나꼰족(族)인데 문맹이고, 사회적, 경제적, 정치적 그 어떤 면으로 보아도 꼴까와는 연결고리가 전혀 없는 삶을 살고 있었다.

페루라는 국가와 사회에서 완전히 소외된 사람들이었다. 한 번도 본 적이 없는 사람들이 설립한 추상적인 조직, 듣지도 본 적도 없는 그 기관과 이 원주민들 사이의 관계라고 해야, 공공연한 사실을 굳이 말하자면, 간단하였다. 저들의 농지에 도랑 파기. 산에서 벌채하기. 나중에 어디로 가는지 모르지만, 곡식, 돌, 또는 나무로 채워진 자루를 등에 지고 날라 쌓기. 무슨 내용물이 있는지 모르지만, 수상쩍은 상자와 봇짐을 실은 노새 무리 몰아가기. 휴경지 갈아엎기. 사륜마차로 탈곡기 운반하기. 논밭 갈기. 밤새도록 샘터 지키기. 말 안장 오르내리기. 사료용 짚 썰기. 엄청난 규모의 돼지, 말 또는 소 떼가 풀 뜯게끔 몰고 다니기. 괴이하고, 부호이며 잔인한 사람들의 간이침대 어깨에 짊어지고 옮기기. 광산에서 작업하기. 얼굴, 코, 옆구리에 주먹질 당하고, 뺨 맞고, 발길에 걷어차이기. 감방에 내동댕이쳐지기. 새끼줄 꼬기. 감자 깎기. 장작을 패어 나르기. 굶주림과 갈증에 허덕이기. 거의 헐벗은 채 하루하루 버티기. 관리인이라는 자(者)의 욕정 해소에 자기 아내와 딸을 빼앗기는데도 "까냐 또는 치차에 적신 꼬까 한 덩어리 씹는 일 말고는 달리 어떻게... 이 모든 상황에서 자신의 의지는 철저히 짓밟히고.

이런 현실이 페루라는 국가, 한 번도 본 적이 없는 다른 사람들의 기관 그리고 이 원주민들 사이의 관계이었다.

그런데, 이제는 징병, 아니, 체포되어, 그러니까 강제로 이곳 꼴까에 끌려와서 병역이라는 일을 해야 한다니. 이 원주민들은 병역이 무슨 뜻인지조차 모르는데. 조국이 무엇인지. 정부가 무엇인지. 공공질서나 치안, 국가안보가 무엇인지. 국가안보? 그게 무엇인데? 누가 그 일을 해야 하고 누가 그 혜택을 누릴 수 있지? 원주민이 아는 것이래야 자기가 비참하다는 사실 뿐이었다. 그리고 징병 또는 수배된다는 말은 군인들이 다짜고짜 젊은 원주민을 결박한 밧줄을 안장에 묶은 다음 화가 치밀어 오른 얼굴로 무턱대고 구타와 발길질을 하며 어디론가 끌고 간다는 뜻이었다. 어디로 끌려가는지 아무도 모르고. 게다가 언제 풀려날지. 그렇게 끌려간 원주민 중에 살던 곳으로 돌아온 사람은 지금까지 한 명도 없었다. 살아있는지, 죽었는지. 죽었다면, 언제, 어디서, 어떻게 눈을 감았는지. 정체 모를 졸병이나 하사에게 죽임을 당하지는 않았는지. 이 세상 어디에 내버려져 길을 잃고 헤매고 있지 않은지. 살아있다면, 잘 있는지. 그럴 리가! 어떻게 잘 있을 수 있을까? 돌아오지 못할 길을 끌려가는 젊은 야나꼰들은 그냥 비참한 존재일 뿐이었다.

브라울리오 꼰추꼬스는 늙은 아버지, 열 살 되는 여동생 그리고 여덟 살 되는 남동생과 살고 있었다. 어머니와 형 두 명은 사오 년 전 깐나스 지역과 주변을 휩쓴 장티푸스로 세상을 떠났다. 브라울리오는 이웃 마을 양치기의 딸 바르바라에게 마음이 있었고 그녀와 가정을 꾸리고 싶었다.

새벽 다섯 시에 군인들이 집에 들이닥치자, 기겁한 어린아이들은 울음을 터뜨렸다. 아버지는 끌려가는 아들을 뒤따라 나서면서 아이들에게 말하였다.

"바르바라 집에 가거라! 알았지? 거기서 점심을 먹어! 얼른 가! 여기 있지 말고! 어서! 금방 갔다 올게! 브라울리오랑 같이 돌아올게! 금방 갔다 올게!"

"아니야! 따이따!" 아이들이 브라울리오와 아버지의 다리를 붙잡고 울었다. "가지 마! 가지 마! 가지 마!..."

졸병 한 명이 아이들을 낚아채더니 거세게 밀쳤다. 그리고 노새를 타려고 돌아서자, 아이들이 다시 브라울리오와 아버지에게 달려가 숨이 넘어갈 듯 울면서 그들을 부둥켜안았다.

"그래, 그래! 이제 그만!" 아버지가 애들을 떼놓으면서 달랬다. "그래, 그래. 뚝 그치고... 바르바라 집에 가거라!"

브라울리오는 동생들을 안아주고 싶었지만 팔이 등 뒤로 묶여 있어서 움직일 수 없었다.

"그렇지! 그렇게 다루는 거야!" 이미 말에 올라탄 하사가 아이들을 밀친 부하를 칭찬한 다음 원주민에게 짜증 난 목소리로 외쳤다. "말썽부리지 말고 빨리 걷기나 해!"

드디어 행렬이 움직이기 시작하였다. 하사가 앞장서고, 뒤에 이시도로 예뻬스를 결박한 끈의 끝자락을 안장에 묶은 졸병, 그 뒤에 결박된 브라울리오 꼰추꼬스를 같은 방식으로 끌고 가는 졸병, 이어서 세 번째 졸병이 느긋하게 담배를 피우면서. 마지막으로 이들을 뒤따라 체포된 젊은 수배자들의 가족.

브라울리오를 끌고 가는 졸병이 노새에게 박차를 가하자, 순간 야나꼰족 청년이 균형을 잃고 동생들과 부딪쳤고 아이들이 바닥에 넘어졌다. 그리고 브라울리오의 발이 여동생 배 부위를 밟는 바람에 여자아이가 숨이 막힌 채 잠시 일어나지 못했다. 안타깝고 걱정스러운 상황임에도 젊은 원주민은 노새의 잰걸음에 끌려 발맞춰야 했다.

다행히 다시 일어난 남동생은 아직 얼떨떨했지만 아버지와 형의 뒤를 따라갔다. 소년은 어둠 때문에 푸성귀 넝쿨이나 덤불에 걸려 여러 번 넘어졌다. 그러다가 길을 재촉하는 행렬을 더는 따라갈 수 없게 되자 걸음을 멈추고 울음도 그치고 귀를 기울였다. 사방에는 정적함 밖에 없었다. 어느 순간 우물 근처 꽃밭에서 바람이 잠시 불어왔다. 그때 정신을 차린 여자아이가 울음을 터뜨리며 외쳤다.

"따이따! 따이따! 따이따! 따이따! 오빠! 후안!"

그 소리를 들은 후안이 집으로 달렸다. 두 아이는 "트리하우스에 올라가서 멍석을 덮어쓰고 훌쩍이었다. 아버지를 때리는 군인, 고함과 욕설이 오가는 가운데 그 군인을 말리는 브라울리오, 이 장면들은 후안과 마리아의 망막에 각인되었다. 이 아이들은 소총을 들고 반짝이는 단추가 달린 옷차림의 저 괴물 같은 사람들을 지금까지 본 적이 없었다. 저들이 어디서 왔는지, 언제 마을에 도착했는지, 왜 브라울리오와 아버지를 찾아왔는지, 왜 때렸는지, 왜 그렇게 마구 때리고 발길질했는지, 왜 그랬는지... 아이들은 알 길이 없었다.

"정말 사람들이었을까?" 후안이 긴가민가하였다.

"그래. 사람들이었어." 눈물을 삼키면서 마리아가 말했다. "따이따나 브라울리오 오빠처럼. 내가 그 사람들 얼굴 봤어. 팔도 보고 손도 봤어. 내가 가만히 있는데 귀를 잡아당겼어..."

마리아가 다시 울기 시작했다.

"조용히 해! 그만 울고!" 후안이 숨을 죽이고 긴장된 얼굴로 누나를 다그쳤다. "다시 와서 우리도 잡아갈지도 몰라!.. 조용히 해야 해! 허리춤에 뭔가 주렁주렁 달렸고, 머리가 둥그스름하면서 뾰족한 마귀들이야! 돌아올 거니까 조심해야 해!"

"아니야! 그냥 사람처럼 말하던데? '지랄', '어딜 도망쳐!', '빌어먹을 늙은 놈!', '움직이라니까!', '씹할 놈!'이라면서… 까마귀처럼 검은 옷을 입고… 바쁘게 움직이던데, 어디로 갔는지 못 봤어?"

"동굴 쪽으로 갔어. 거의 내달리듯이. 그런데, 돌아올 거야! 두고 봐! 저 괴물들은 동굴에서 나왔어! 엄마가 그랬어! 발에 더듬이가 있고 히힝거리는 노새를 타고 갈퀴와 채찍을 휘두르면서 동굴에서 나타난다고!"

"아니야! 엄마는 그렇게 말 안 했어! 그냥 우리와 같은 사람들이야! 두고 봐! 내일 또 올 건데, 그때 잘 봐! 그냥 우리와 다른 게 하나도 없는 사람들이야!"

후안과 마리아는 잠시 대화를 멈추었다. 왜 저 사람들이, 괴물들이, 따이따와 브라울리오를 잡아갔을까? 어디로 끌고 갔을까? 나중에 따이따와 브라울리오가 풀려날까? 언제 집으로 돌아올까? 무슨 해코지라도 당하지 않을까?…

"그러면 다른 사람들은?" 마음이 조금 진정된 마리아가 다시 입을 열었다. "따라간 사람들은 우리 같은 사람 아니야? 같은 사람이잖아! 같은 사람! 내 말이 맞잖아!"

"그래…" 아직 격앙되고 두려움이 가시지 않은 후안이 대답했다. "그 사람들은 우리 같은 사람 맞아. 그렇지만 군인들은 아니야. 다른 사람들도 따이따나 브라울리오 형처럼 집에서 마구 끌려 나왔을 거야. 그리고 그 사람들을 모두 동굴에 가둘 거야, 두고 봐. 틀림없어. 해가 뜨기 전에. 그 동굴 속에 마귀 왕들이 사는 궁전이 있어. 그곳에서 축제를 열고.

사람들을 왕에게 보내서 죽을 때까지 시중을 들게 할 거야. 도망가는 사람이 있겠지만 거의 모두 그곳에서 죽어. 사람이 늙으면 그냥 산 채로 불덩이에 내던져. 어떤 사람이 도망 나와서 자기 가족에게 이 모든 일을 이야기했대..."

마리아는 잠이 들었다. 그 옆에서 후안은 한동안 군인들 그리고 그들이 저지른 짓에 대한 생각에 잠겼다. 그리고 동이 틀 무렵 한기를 느꼈고 자기도 잠이 들었다.

구아까뽄고는 꼴까에서 꽤 멀리 떨어진 곳이었다. 그래서 군인들은 오전 11시까지 도착하려면 길을 재촉해야 해서 때로는 속보로 이동하였다. 끌려가는 젊은이들의 가족은 종종 뒤처지곤 하였지만, 끌려가는 본인들은 노새와 말의 속도에 발을 맞출 수밖에 없었다. 처음에는 그다지 힘들지 않았지만, 몇 킬로미터를 지나지 못해서 발이 느려지기 시작하였다. 아무래도 짐승들과 같은 속도로 걷기에는 버거웠다. 아무리 잘 뛰고 끈기 있는 젊은이들이지만 이런 상황은 정말 버티기 힘들었다.

꼴까로 가는 길은 지형이 고르지 않았다. 거의 모든 구간이 좁고, 돌무지이고, 길 양쪽에 억센 가지나 바위가 자리 잡고, 굽이굽이 휘어지고, 비탈이 심하고, 낭떠러지가 불쑥불쑥 나타나기도 하였다. 빠따라띠 강(江)과 우아얄 강을 건너야 했다. 봄이라서 강수량이 적었지만, 우아얄 강은 사계절 내내 물살이 세고, 특히 강을 건널 수 있는 여울에서는 매우 위험하였다.

급기야 체포된 야나꼰족 젊은이들과 짐승들 사이의 속도 문제가 큰 골칫거리가 되었다. 갈 길이 바쁜 군인들은 짐승들에게 박차를 가하고 채찍질하기를 잠시라도 멈추지 않았다. 길이 험난하고 한 치 앞도 내다볼 수 없었지만 말과 노새들은 속보를 멈출 수 없었다. 어둠 속에서 짐승들은 종종 낭떠러지, 수렁, 개천, 장애물을 피하려고 꼼짝을 하지 않았다. 그럴 때마다 화가 머리끝까지 치솟은 하사가 박차로 말의 옆구리를 깊숙이 찌르면서 귀와 궁둥이를 사정없이 채찍으로 후려쳤다. 말에서 내리더니 가죽 가방에서 삐스꼬 한 병을 꺼내어 한 모금 길게 들이켠 다음 부하들에게도 그렇게 하라고 명령하였다. 나중에는 체포된 젊은이들을 따라가는 친척이나 가족에게 짐승들을 뒤에서 밀라고 강요하기도 하였다. 결국 버티던 짐승들은 떠밀렸다. 가슴팍까지 잠긴 수렁에서 겁에 질린 채 허우적대면서 간신히 빠져나가곤 하였다. 그 와중에 결박된 두 청년이 할 수 있는 것이래야 그냥 짐승들과 같은 상황에서 놓여서 고비가 지나가기를 바라고 기다리는 것뿐이었다. 굳이 다른 점을 꼽자면, 짐승들은 그나마 버티었지만, 원주민들은 그것조차도 할 수 없었다.

처음에 길이 보이지 않은 벼랑을 지나갈 때 이시도로 예뻬스는 무서웠지만 자기를 끌고 가던 졸병에게 말했다.

"조심해요, 따이따! 굴러떨어지겠어요!"

"입 닥쳐! 이 머저리 새끼" 군인이 독살스럽게 되받아치면서 원주민의

··· 텅스텐 ··· 107

뺨을 후려갈겼다.

이시도로의 코에서 피가 조금 흘러나왔다. 그때부터 두 젊은이는 입을 굳게 다물었다. 나중에 군인들이 술에 취했다. 하사는 한시라도 빨리 꼴까에 도착하고 싶은 마음밖에 없었다. 오전 11시에 부대에서 친구들과 주사위 노름판 약속이 있어서.

예뻬스와 꼰추꼬스를 따라오다가 뒤처진 야나꼰들의 모습이 가끔 행렬에서 사라지곤 하였다. 그러나 지역을 자기 손바닥만큼 잘 아는 이들은 "옛날 국도를 벗어나 사람 한 명이 겨우 지나갈 수 있는 지름길을 택하거나 평원을 가로지르는 식으로 행렬을 놓치는 사태를 막을 수 있었다. 암벽을 타고, 발밑에서 판석이 떨어져 나가고, 산양처럼 협곡의 언덕배기를 타고, 징검돌을 밟거나 쓰러진 나무 위를 아슬아슬하게 걸어서 강을 건너면서...

어느덧 날이 밝았고, 우아얄 강을 건널 때 브라울리오 꼰추꼬스는 하마터면 죽을 뻔했다. 앞서가던 하사의 말이 한참 버티다가 가까스로 건넜다. 이어서 이시도로 예뻬스를 끌고 가던 졸병의 노새가 다행히 별 어려움 없이 강을 건넜다. 이어서 꼰추꼬스를 끌고 가던 노새가 물에 들어갔는데, 물살을 견디지 못했는지 짐승이 균형을 잃고 떠내려가기 시작했다. 노새의 복부 반쯤이 물 밑에 있었고 군인의 넓적다리가 거의 보이지 않았다. 예상치 못한 상황에 기겁한 졸병은 미친 듯이 발버둥 치며, 짐승에게 박차를 가하고, 채찍을 마구 휘두르고, 목에 핏줄이 터질 듯 고래고래 소리 지르기에 급급하였다. 반면에 브라울리오는 물이 가슴팍까지 올라왔지만 덤덤하고 차분한 모습이었다.

"빨리 건너, 이 씹할 놈아!" 겁먹은 졸병이 쉴 새 없이 외쳤다. "일어서! 얼른! 일어서라고, 이 새끼야! 일어서서 노새를 밀어! 밀어라고! 어서! 떠내려가면 안 돼!..."

눈앞에서 물살에 노새가 쓰러지고 동료와 체포된 놈이 떠내려가는 상황을 지켜보면서 강 양쪽에서 군인들이 정신 나간 듯 고함치며 어쩔 줄 몰라 하였다. 그러나 이미 강을 건넌 예뻬스와 떠내려가는 꼰추꼬스, 이 원주민 두 명의 얼굴은 그냥 묵묵하고, 차분하고 감정의 요동이 전혀 없어 보였다.

급기야 브라울리오를 끌고 가던 졸병이 공포에 질려 제정신을 놓은 듯 원주민의 뺨을 손바닥으로, 주먹으로 마구 갈겼다. 그럼에도, 묶인 채, 피를 흘리면서도 꼰추꼬스의 입에서 말 한마디는커녕 신음조차 튀어나오지 않았고, 이토록 절박한 상황에서 벗어나려는 그 어떤 행동을 취할 기미도 보이지 않았다. 애초에 위험을 알려주었다는 이유로 군인들이 이시도로 예뻬스에게 주먹질하지 않았나? 그런데 이제 와서 뭐 하러? 말해본들! 어떤 행동을 취해 본들!

원주민들은 자신의 처지와 운명을 명확하게 인지하고 있었다. 자신들은 아무것도 하면 안 되거니와 존재조차도 인정받지 못하였다. 반면에 군인들은 내키는 대로 할 수 있고 절대적인 존재이었다. 아무튼, 그날 오전, 브라울리오 꼰추꼬스는 문득 삶에 대한 의욕도 연연도 깡그리 잃어버렸다. 한밤에 들이닥친 군인들, 영문도 모른 채 두들겨 맞고, 결박되고, 그냥 이제 모든 게 끝났다는 느낌만 확실하고. 돌아오지 못한 다른 젊은 원주민들처럼 어딘지 모르는 곳으로 끌려가고. 어차피 풀려나지 못할 운명인데 물에 빠져 죽으나 달리 죽으나 마찬가지 아닌가?

아울러 브라울리오 꼰추꼬스와 이시도로 예뻬스는 통제할 수 없고 말 못 할 원한이 군인들 마음 깊은 곳에 도사리고 있음을 어느 순간 직감했다. 얼굴도 모르고 이름조차 낯선 타자의 의지를 무조건 집행하는 일원 또는 한낱 끄나풀에 불과한 이 군인들의 처지가 흑백처럼 명료하지 않지만, 어쨌든, 이들의 말과 행위는 잔인함과 비열함에 절어 있었다.

죽음의 기운이 맴도는 상황에서 두려움에 벌벌 떠는 졸병의 모습을 보며 꼰추꼬스는 오묘한 희열에 사로잡혔다. 그냥 두 사람 모두 물에 휩쓸려 가면 얼마나 좋을까! 이미 입에서 흘러나오는 피가 저렇게 물에 섞여 떠내려가고 있듯이 말이다! 느닷없이 졸병이 그의 얼굴에 여러 번 채찍질하였다. 순간 아무것도 보이지 않았다. 브라울리오의 눈 한쪽이 너무 부어서 뜰 수가 없었다. 그때 온몸이 비틀거렸다. 원주민과 노새는 거센 물살을 버티느라 애쓰는 바람에 부르르 떨었다. 와중에 죽음의 위협에서 벗어나고 싶은 발악에 군인은 온 힘을 다해서 브라울리오와 노새에게 채찍질을 멈추지 않았다. 젊은 야나꼰과 짐승은 물에 젖는 것만큼 채찍질에 시달렸다.

"빌어먹을!" 겁에 질린 졸병이 악이 북받치는 소리를 질렀다. "이 망할 짐승 새끼! 뒈질 인디언 새끼! 씹할 놈아! 어서! 어서!..."

마침내, 안간힘을 쓰던 노새가 꼰추꼬스와 군인을 끌고 강 건너편에 발을 디디었다. 그런데 죽다 살아난 짐승이나 인간에게 그나마 숨이라도 제대로 가눌 틈조차 주지 않고 일행은 길을 재촉하였다.

햇볕에 사방이 달구어졌다. 우아얄 강변을 뒤로하자 끝이 보이지 않는 오르막길이 눈앞에 펼쳐졌다. 하사는 아랑곳하지 않고 말의 옆구리를 박차로 찌르면서 채찍질만 하였다. 그 뒤를 따라 순서대로 느릿느릿하게 길을 올랐다. 어느 순간 행렬이 멈추었다. 노새들이 버티는 바람에? 체포된 놈들이 지쳐서? 아니면 둘 다 힘들어서?

"까불지 마, 이 망할 놈들!" 군인들이 원주민들에게 거칠게 소리쳤다. "안 걷고 뭐 해! 빨리 움직여! 노새에 기대지 말고! 야, 이 새끼야! 뒈질 때까지 맞기 싫으면 똑바로 걸어!..."

굵은 땀이 흐르는 젊은 야나꼰들과 짐승들은 숨을 헐떡거렸다. 노새들의 갈기가 곤두서서 배배 꼬이거나 화살처럼 보였다. 가슴팍과 옆구리에서 땀이 뚝뚝 떨어지고 재갈이 물린 입에서 허연 거품이 줄기차게 튀어나왔다. 앞발굽이 돌바닥에 자꾸 미끄러지고, 멈춰 있을 때는 휘거나 꺾이려 하였다. 대가리가 축 쳐져서 입술이 거의 땅에 닿을 정도이었다. 붉고 바싹 마른 코는 흉측스럽게 벌렁거렸다. 그러나 무엇보다 예뻬스와 꼰추꼬스가 가장 힘들었다. 두 야나꼰 젊은이 모두 몸에 털이 거의 없고, 때와 땀에 절어 까맣게 된 셔츠 차림에, 땡볕 아래 모자도 없이, 굳은살이 박인 맨발에, 두 팔은 등 뒤로 묶인 채, 허리를 묶는 가죽끈이 노새의 목에 묶였고, 퉁퉁 부은 한쪽 눈과 피투성이가 된 꼰추꼬스의 얼굴에는 종기가 몇 군데 났고... 이런 상태에서 오르막길에서 넘어지고 일어서기를 몇 번이나 반복하였는지 헤아릴 수 없었다. 넘어지고 일어서기? 사실, 몸이 쓰러지게끔 내버려둘 기운마저 없었다!

그 오름길의 끝자락에 다다를 즈음에 기진맥진한 젊은 원주민들은 이제 통나무나 바위처럼 노새에 질질 끌려다녔다. 정신력마저 잠식하고 이루 말할 수 없는 피로, 정신을 가누기조차 불가능하고, 늘어진 근육, 으스러지는 듯한 관절, 더위를 먹어 맥박이 고르지 못한 심장 그리고 집을 떠나서부터 줄곧 뜀박질한 지 어느덧 네 시간.

브라울리오 꼰추꼬스와 이시도로 예뻬스는 뼈와 살만 겨우 남은 생명체 같아 보였다. 이러한 현실이 백골과 두 청년 사이의 유일한 차이점이랄까. 이들은 노새의 안장에 걸린 채 끊임없이 중력과 관성에 끌려다녔다. 이마에는 식은땀이 그칠 줄 모르고, 입에서는 게거품과 피가 섞여 튀어나왔다.

어느 순간 예뻬스의 몸에서 토할 만큼 역겨운 냄새가 나기 시작하더니 급기야 그의 발목으로 흘러내리는 누르스름한 액체가 보였다. 죽을 만큼 힘들고 신체기능의 통제를 모조리 잃은 상태에서 똥과 오줌이 나오고 있었다.

"지랄! 이 병신 새끼! 똥 싸고 있네!" 졸병이 어이가 없다는 표정을 지으며 소리치고 손으로 코를 막았다.

다른 군인들은 웃음을 터뜨리며 짐승들에게 박차를 더 가하였다.

* * * * *

꼴까의 부대장 사무실 앞에 모여든 사람 중에 이시도로 예뻬스에게 다가간 이들 역시 손수건을 꺼내 코를 막고 뒤로 물러서면서 실실 웃었다. 그러나 브라울리오 꼰추꼬스의 고통스럽고 일그러진 얼굴은 모두가 미간을 찌푸리며 뚫어져라 살펴보았다. 몇몇 여자들이 분하게 여겼는지 숙덕거리더니 어느새 웅성거리기 시작하였다. 잠시 뒤 항의하는 소리가 들렸고 군중의 감정이 격해졌다.

사실, 꼴까에 도착하기 전에 군인들이 개울에서 꼰추꼬스의 피투성이 얼굴을 씻었다. 그런데 도리어 타박상과 부은 눈이 더 돋보였다. 그리고 거의 기절한 두 젊은 원주민의 머리를 차가운 개울물에 집어넣어 조금이나마 깨어나게 했다. 그렇게 예뻬스와 꼰추꼬스는 혼미 상태에서 겨우 벗어난 채 걸어서 꼴까에 도착한 것이었다.

"군인들에게 맞았어!" 사람들이 외쳤다. "얼굴을 봐! 피투성이야! 피가 흘러! 야만인들! 악한 놈들! 비열한 놈들! 살인마!..."

광장에 모인 군중의 대부분이 젊은 야나꼰족 청년들에게 동정심을 느꼈고 분노를 어떻게 참아야 할지 모르는 모습이 역력하였다. 이 분위기가 징병위원회 위원들이 모른 척하려야 할 수 없을 정도이었다. 그러자 부대장 루나가 한 걸음 앞으로 나아가서 군중을 향하여 짜증 난 목소리로 외쳤다.

"다들 조용히 해! 뭐야? 뭐냐고? 무슨 문제야?…"

그러자 빠르가 시장이 다가왔다.

"그냥 넘어갑시다, 부대장님!" 시장이 부대장의 팔을 잡았다. "그냥 저희랑 갑시다! 이리 오세요!…"

"에, 에, 아니요! 이거 놔요!" 좀 전에 마리노 형제와 함께 단번에 들이킨 삐스꼬의 맹렬한 효과가 나타나기 시작한 부대장이 거칠게 시장의 손을 뿌리쳤다.

루나가 허리를 최대한 꼿꼿이 펴고 보행로 가장자리에서 서더니 그의 지시를 기다리던 하사에게 명령하였다.

"저 체포된 놈들 데리고 와! 당장!"

"예! 알겠습니다, 부대장님!" 하사가 즉시 대답하고 졸병들에게 명령을 전하였다.

드디어 노새들에게서 풀린 예뻬스와 꼰추꼬스는 아직 팔이 등 뒤에 밧줄로 묶이고 허리에 가죽끈이 묶인 채 군인들에게 떠밀려 힘겹게 부대장 사무실로 끌려갔다. 보랏빛 얼굴에, 묵묵히, 머리를 떨군 채, 간신히 몸을 가누면서, 거의 빈사 상태에서 끌려가는 이들의 모습을 본 군중 사이에 항의하는 분위기가 거세게 몰아쳤다.

"살인마들!" 남녀 가릴 것 없이 소리쳤다. "사람을 거의 죽였어! 거의 죽였어! 깡패들! 살인마들!..."

야나꼰족 청년들의 가족이 부대장 사무실에 따라 들어가려고 하자 군인들이 저지했다.

"물러서!" 하사가 악에 찬 어투로 고함치면서 칼을 뽑아 들어 원주민들에게 들이댔다.

예뻬스와 꼰추꼬스가 건물로 끌려 들어가자 소총을 든 군인들이 문 앞을 겹겹이 막았다. 몇몇 군인은 군중에게 협박, 욕설이나 상스러운 소리를 내뱉었다.

"짐승들! 꼴통들! 머저리들! 노새한테 배워! 까막눈들! 멍청이들! 병신들! 먹통들! 더러운 산골 촌뜨기들! 무식한 것들!..."

이들 군인 대부분이 해안가 출신이어서 산악 지대 사람을 업신여기고 깔보는 것이었다. 페루의 해변 지역 출신 사람은 산악 지대 사람을 지독히 경멸하고 배척한다. 동시에 후자도 전자를 뼛속 깊이 증오하고 과격하게 멸시한다.

부대장 사무실 앞에 몰려서 소총 든 군인들에게 저지당한 군중의 분노가 갈수록 들끓었다. 공권력이랍시고 행세하는 군인들과 사람들 사이에 거친 말다툼이 일어났다.

"왜? 왜 사람을 패는 거요?"

"달아나려고 했어! 자기들 집에 찾아갔을 때 우리에게 돌을 던졌단 말이야!... 야만인 같은 것들! 범죄자들이야!"

"그럴 리 없어! 거짓말이야!"

"그래? 좋아! 내가 패고 싶어서 그랬다! 어쩔래?..."

"살인마들! 왜 죄인처럼 끌고 왔소?"

"내가 내켜서 그랬다!"

"신병은 무슨 신병! 나중에 농장이나 광산에 끌고 가서 부려 먹고 돈 빼앗는 것도 모자라서 땅, 가축, 모조리 빼앗지... 날강도들! 날강도! 날!, 강!, 도!"

"씹할! 아가리 닥쳐! 총알 한 방씩 처먹기 싫으면!" 어느 군인이 표독하게 말을 내뱉었다.

그리고 총을 들어 눈에 띄는 첫 사람에게 조준하는 시늉을 하자, 군중이 고함을 치며 비난하였다. 그러자 사태가 심상치 않게 돌아간다고 여긴 빠르가 시장이 문을 열고 나왔다.

"여러분!" 정중한 어투로 그가 입을 열었다. 사실 그는 두려웠다. "여러분. 무슨 일인가요? 왜 이러시나요? 자, 자, 진정하십시오. 예, 여러분, 진정하시고!..."

그러자 사람들 사이에서 남자 한 명이 앞으로 나와 시장에게 다가서서 감정이 북받쳤지만 단호한 목소리로 말했다.

"시장님! 시장님! 여기 모인 사람들은 이 상황이 심히 걱정스럽습니다. 그래서..."

군인들이 남자의 팔을 휘어잡으면서 그의 입을 틀어막았다. 말을 계속하게끔 내버려둘 수 없었다. 그러나 산전수전 다 겪었고 교활한 빠르가 시장이 군인들을 말렸다.

"시장님! 정의가 실현되어야 합니다!"

"옳소! 옳소! 옳소!" 사람들이 외쳤다. "처벌받아야 해! 폭행한 놈들에게 처벌! 살인마들에게 엄벌!"

군중의 기세에 아연실색한 시장이 그 남자에게 다가갔다.

"당신이 뭐 하는 사람인지 모르지만..." 고개를 숙이면서 나지막이 말했다. "일단, 들어오시오! 사무실로 갑시다! 들어와서 서로 이야기를 나누어 봅시다!"

남자가 시장을 따라 부대장 사무실에 들어갔다. 그런데 서민의 권리를 거침없이 외친 용기 넘치는 이 인물은 도대체 누구일까?

꼴까 지역에서 공권력에 맞서는 집단행동은 지극히 이례적인 일이었다. 부대장, 시장, 판사, 의사, 사제 그리고 군인들은 각자의 업무 집행에서 무소불위의 권력을 휘두르고 있었다. 꼴까에서 이들의 권한은 그 어떤 견제나 징계의 대상이 아니었다. 심지어, 추악하고 파렴치하기 짝이 없는 권력의 남용조차 주민들 사이에 그냥 모호한 불쾌감만 나도는 정도로 흐지부지하게 넘어갈 뿐이었다. 이 지역에서 행정기관을 비롯한 공공기관의 범법 행위가 처벌은커녕 감사의 대상이 된 적조차 한 번도 없었다. 이런 현실은 관행이고 전통이었다.

그런데, 여태껏 보지 못한 일이 지금 일어나고 있었다. 예뻬스와 꼰추꼬스 사건에 군중의 심리가 거세게 요동쳤고, 어떤 남자가 공권력의 앙심과 보복을 무릅쓰고 정의 실현이라는 명분을 앞세워 목소리를 높이면서 모습을 당당히 드러내고 있었다. 어떤 인물이길래 이 지역의 관행과 전통을 거스르는가?

문제의 남자는 대장장이 세르반도 우안까이었다. 북쪽 산악 지대 ˚마라뇬 강변 출신인데 이곳 꼴까에 이주한 지 겨우 2년 남짓하였다. 참으로 독특한 사람이었다. 가족도 친척도 없이, 가까이 지내는 사람도 즐기는 모임이나 놀이도 없고. 자기 직업에만 빠져있고 요리마저 혼자서 해결하는 외톨이이었다. 백인의 피가 한 방울도 섞이지 않은 원주민이었다. 툭 튀어나온 광대뼈, 구릿빛 피부, 작고 쑥 들어가고 반짝이는 눈, 검고 곧은 머리카락, 아담한 체구, 낯을 가리면서 무뚝뚝한 표정. 나이는 30대 정도. 군인들이 야나꼰족 젊은이들을 끌고 꼴까에 도착했을 때 먼저 다가온 사람 중에 있었고, 사람들이 부대장 사무실 앞에서 부당한 현실에 맞설 용기를 내지 못하고 서로 눈치만 볼 때 앞에 나섰다. 그리고 사람들에게 힘을 실어주며 집단 항의를 이끌었다.

예전에 치까마 지역의 제당산업 단지에서 정비공으로 일할 때 그는 이번 일과 비슷한 권력 남용 사건에 대항하는 주민들을 지켜보았고 그 움직임에 동참도 하였다. 이런 경험과 생계를 이어가기 위하여 여러 산업 지역에서 일꾼으로 일하면서 겪은 고충은 그의 마음에 지울 수 없는 상처를 남겼고 인간이 저지르는 불공평에 대한 분노에 불을 지폈다.

우안까는 그의 고뇌와 분노의 뿌리가 개인적인 이유보다 보편적인 원칙에 있다고 여겼다. 사실 그는 윗사람이라고 불리는 이들에게 부당한 일을 직접 당한 적이 많지 않다. 그러나 두 눈으로 직접 보기 전까지는 누구도 믿지 못할 만행을 다른 인부들 그리고 불쌍하고 무고한 원주민에게 저지르는 광경을 날마다 옆에서 보았다. 우안까는 자신 때문이나 자신을 위해서가 아니라 연대 정신으로, 인도주의 정신으로 타인의 고통에 공감하며 공권력이나 고용주에 맞서 분개하였다. 불공정에 대항하는 그의 이런 연대와 공동체 정신은 권력 남용과 인권 침해 사건에 맞서 싸우는 다른 노동자들을 지켜보면서 강화되었다. 그리고 직장 동료나 공감대가 형성된 노동자들과 함께 소규모 단체 또는 기초 단계 노조에 몸을 담았다. 그런 조직에서 그는 신문이나 전단을 통하여 불공정과 관련된 여러 문제와 피해자들이 어떻게 투쟁해야 하는지, 어떻게 해야 공정한 사회를 만들 수 있는지에 대한 수많은 견해를 접하게 되었다.

세르반도 우안까는 불공정한 일이 있으면 경우를 막론하고 단호하게 맞서 싸워야 한다는 생각을 지닌 사람이었다. 그리고 이런 반항의 의지를 밤낮 가리지 않고 곱씹었다. 그가 계급 차별 또는 계급투쟁이라는 개념을 터득했을까? 계급투쟁에 눈을 뜨기라도 한 것일까? 어쨌든, 그의 투쟁 전략은 간단하게 두 가지 요소로 구성되어 있었다. 사회 불공정 피해자의 단결 그리고 민중운동의 실천.

"당신은 뭐 하는 사람이요?" 빠르가 시장의 안내로 사무실에 들어오는 우안까를 본 부대장이 짜증을 내면서 물었다.

"대장장이이고 우안까라는 사람이래요." 빠르가가 대신 대답하면서 부대장을 진정시키려 하였다. "저기, 잠깐이면 돼요! 잠깐, 응? 괜찮아요! 신병들을 보고 싶대요. 신병들이 죽었다니, 권력 남용이라니 뭐라니 그런 말을 하는데…"

루나가 밖에 모인 이들을 대표한다는 남자를 노려보면서 시장의 말을 끊고 격앙된 어조로 내뱉었다.

"남용이고 지랄이고, 잡소리 집어치워! 출로 꼴통 주제에! 버러지 새끼! 당장 꺼져!"

"별일 아니에요, 부대장님!" 시장이 다시 끼어들었다. "내버려두세요! 잠깐이면 된다니까요! 신병들 상태를 보고 싶다는데, 보게끔 둡시다! 저기 있네! 마음껏 보라지!"

"그렇습니다, 부대장님." 대장장이가 차분하게 입을 열었다. "민중이 촉구하고 있습니다. 저는 저 사람들을 대표로 왔습니다."

"옳은 말씀입니다." 자유주의자임을 자칭하는 리아뇨 박사가 예의를 갖추는 어조로 우안까에게 말했다. "민중이 요구하는 사항이니만큼 선생께서 그럴 권리가 있지요. 저기, 부대장님!..." 루나를 쳐다보며 정중하게 말을 이어갔다. "저는 이분이 여기 계셔도 우리에게 문제가 될 게 전혀 없다고 봅니다. 제 생각인데, 우리 징병위원회 회의는 이분과 상관없이 이어갈 수 있잖습니까? 그러니까, 체포된 젊은이들의 안건을 논의해 보는 게 어떨까요?..."

"좋은 생각입니다." 시장이 말했다. "그렇게 하시죠, 부대장님. 처리할 일도 많은데. 저도 이따가 볼 일도 있고..."

부대장이 잠시 고민하였다. 판사를 힐끗 본 다음 호족 이글레시아스의 눈치를 보았다.

"그렇게 합시다." 부대장이 동의하였다. "말씀하신 대로 징병위원회 회의를 이어갑시다."

 각자 자기 자리로 돌아갔다. 사무실 한구석에 군인 두 명의 감시 아래 결박된 채 고개를 떨군 이시도로 예뻬스와 브라울리오 꼰추꼬스가 보였다. 지금 벌어지고 있는 상황 앞에 졸병 두 명의 얼굴은 치명적으로 냉랭하였다. 초점 잃은 시선, 이 사무실에 드리우는 죽음이 자기와는 무관하다는 이유만으로 무심하기 짝이 없는 표정이었다.

 브라울리오는 너무 고된 나머지 실신할 지경이었다. 숨쉬기조차 힘들었다. 팔다리가 부들부들 떨렸다. 머리를 가눌 힘도 없어 목이 꺾인 듯 자꾸 앞으로 떨구어지곤 하였다. 때때로 쓰러질 뻔했는데 뒤에서 그를 붙들고 있는 군인이 없었다면 통나무처럼 바닥에 나뒹굴었을지도. 두 원주민 앞에 서자 세르반도 우안까가 감정이 북받치지만 흔들림 없이 차분하게 모자를 벗었다.

 모두 자리에 돌아가서 앉을 때 광장에서 귀가 찢어질 듯한 함성이 들려왔다. 입구를 겹겹 막고 있던 군인들이 군중에게 욕설과 협박을 퍼부었다. 그리고 하사가 도로에 서서 무리의 첫 줄에 있는 사람들을 향하여 칼을 휘둘렀다.

 "지랄하지 마!" 독기가 바짝 오른 소리로 외쳤다. "물러서! 물러서! 씹할! 물러서라니까!"

 그 모습을 본 루나 부대장이 으르렁대는 소리로 명령하였다.

 "하사! 수단과 방법 가리지 말고 기강 잡아! 수단 방법 가리지 말고! 내 승인이고 명령이야!..."

순간 누군가 오열을 터뜨렸다. 이시도로 예뻬스의 할머니, 어머니 그리고 여동생이 무릎을 꿇고 두 손을 모은 채 군인들에게 빌었다. 들어가서 이시도로를 볼 수 있게끔 해 달라고. 그런데 군인들이 발길질과 소총의 개머리판으로 여자들을 밀쳐 내었다.

회의의 의장을 맡은 부대장이 목소리를 가다듬은 다음 말했다.

"좋습니다, 여러분. 아시다시피, 저희 부대원들이 구아까쁜고에서 수배된 자들을 잡아 왔습니다. 그래서, 조만간 주도(州都)로 이송해야 할 신병 문제에 해당하는 법률에 따라 이 사람들의 사안을 검토해 보겠습니다. 우선, 여기 서기님께서 수배와 관련된 병역법 조항을 여러분에게 읽어 드리겠습니다."

그러자 수행 사병이 초록색 책자를 펼친 다음 낭독하였다.

"제4장. 수배된 자들. 제46조. 19세에서 22세 사이의 모든 남자는 병역의무에 자진 등록해야 한다. 그러지 아니한 자는 의무를 회피할 의도가 있다고 간주하여 수배령의 대상이 된다. 제47조. 병역 관련 기관은 수배자를 색출, 추적, 체포, 이송하여 본 병역법 신병 모집 관련 제29조에 나열된 개인의 권리, 예외, 상황 같은 감경 사유의 심리 없이 즉시 군 복무에 투입되도록 해야 한다. 제48조..."

"그만하면 충분합니다." 오르떼가 판사가 따분하다는 듯한 얼굴을 지으며 낭독을 끊었다. "나머지 내용은 읽으나 마나이지요? 여기 계신 위원님들께서 이미 잘 아는 내용이잖습니까, 안 그런가요? 그러니 이 두 사람의 이름이 병역 대장에 있는지 확인하기 위해서 서기님이 대장을 열

람해 보셔야겠습니다."

"저기, 오르떼가 박사님." 빠르가 시장이 제안했다. "먼저 이 체포된 사람들 나이를 물어보는 게 어떨까요?"

"좋네요." 부대장이 동의했다. 그리고 유연한 표정을 지으며 이시도로 예뻬스에게 물었다. "저기... 너 몇 살이냐? 이름은?"

이시도로 예뻬스는 방금 잠에서 깨어난 듯하였다. 겁에 질려서 모기 같은 소리로 대답했다.

"이시도로 예뻬스입니다, 따이따."

"나이는?"

"모릅니다, 따이따. 스무 살, 스물네 살, 글쎄요, 따이따."

"아니, 모르다니? 모르다니? 말이 돼? 이 봐! 몇 살이냐고? 바른대로 말해! 얼른!"

"자기 나이도 모르다니..." 동정심과 아울러 어처구니없다는 표정으로 리아뇨 박사가 말했다. "무식하기 짝이 없는 사람들이네요. 그냥 넘어가시죠, 부대장님."

"그래요." 한숨을 짧게 쉬고 루나가 예뻬스에게 다시 물었다. "병역대장에 니 이름 올려져 있어?"

무슨 말을 하는지 이해하려는 듯 야나꼰 젊은이가 눈을 크게 떴다. 그러나 그냥 반사적으로 대답할 뿐이었다.

"병여... 그게, 따이따... 병여... 음..."

부대장이 이제 딱딱한 목소리로 다시 물었다.

"야! 이 병신아! 내가 무슨 말 하는지 몰라? 병역 대장에 니 이름이 있어, 없어?"

"여러분!" 그때 세르반도 우안까가 입을 열었다. 그리고 차분하고 또 박또박하게 말을 이어갔다. "이 젊은이들은 불쌍하고 무식한 원주민입니다. 보이지 않습니까? 글을 읽을 줄도 쓸 줄도 모릅니다. 의식이 그다지 깨어있는 사람들이 아닙니다. 불행하지요. 자기가 몇 살인지 모르고. 병역 대장에 자기 이름이 올려져 있는지도 모르고. 아는 게 하나도 없습니다. 아무도 자진 등록해야 한다는 귀띔조차 안 해 주고, 그런 소식도 듣지 못하고, 병역이 뭔지, 병역 대장이 뭔지, 나라가 뭔지, 국가가 뭔지, 정부가 뭔지, 뭐가 뭔지 모르는 사람들을 어떻게 수배자로 낙인을 찍을 수 있습니까?"

"닥치시오!" 자리를 박차고 일어나면서 오르뻬가 판사가 버럭 소리 질렀다. "보자 보자 하니까!..."

그때 브라울리오 꼰추꼬스가 경련에 몇 번 시달리더니 순간 온몸이 축 늘어지면서 고개가 툭 떨구어졌다. 그리고 군인의 손에서 꼼짝도 하지 않았다. 리아뇨 박사가 다가가서 깨우려고 살짝 흔들고 살피더니 덤덤하게 내뱉었다.

"죽었네요."

그 말을 들은 졸병이 고인을 슬그머니 바닥에 내려놓았다. 꼰추꼬스의 사망을 확인한 세르반도 우안까가 즉시 밖으로 나가 군인들 사이에서 분노에 목멘 소리로 군중에게 외쳤다.

"사람 한 명이 죽었소! 사람 한 명이 죽었소! 죽었단 말이요! 군인들이 죽였어요! 부대장은 물러가라! 당국자들은 물러가라! 여러분 싸웁시다! 투쟁합시다, 여러분!"

순간 군중이 너나없이 참을 수 없는 분노에 휩싸였다.

"물러가라 살인마들! 범인들에게 죽음을!" 민중이 부르짖었다. "사람을 죽였어! 사람을 죽였어! 사람을 죽였어!"

경악, 혼란, 충돌이 걷잡을 수 없이 뒤섞여 터졌다. 민중과 군인들 사이에 격렬한 몸싸움이 벌어졌다. 와중에 부하들에게 명령하는 부대장의 목소리가 또렷하게 들렸다.

"발포! 하사! 발포! 발포!..."

민중을 겨냥한 무자비하고 언제 끝날지 모를 듯한 집중 사격이 시작하였다. 손에 잡히는 돌 같은 물건을 던지는 방법으로 군인들에 맞서면서 부대장 사무실로 쳐들어가려던 민중은 무방비 상태에서 생각지도 못한 일격을 당하였고 사람들이 기겁해서 피하여 달아났다. 여기저기 많은 사상자가 발생하였다. 그야말로 대소동이었다. 첫 총성에 광장 주변 가정집과 가게 문들이 앞다투어 닫혔다. 잠시 뒤 불연속적으로 총소리가 들리더니 급기야 간간이 들렸다.

사태는 고작 몇 초 만에 진정되었다. 광기가 휩쓸고 지나간 뒤 상황은 군인들의 손아귀에 있었다. 이들은 분을 참지 못하고 돌아다니면서 닥치는 대로 발포하였다. 광장은 허허벌판처럼 텅 비었고 바닥 여기저기에는 사상자들이 쓰러져 있었다. 꼴까의 햇빛은 더없이 화사하고 밝은데

푸르고 맑은 공기는 피와 비극에 젖었다. 성당 지붕에서 암탉 몇 마리가 파드닥거리는 소리만 들리고...

나중에 리아뇨 박사와 호족 이글레시아스가 피신했던 증류주 저장고에서 나왔다. 광장에는 다시 구경꾼들이 조금씩 모이기 시작하였다. 혹시 지인이나 이웃이 다치거나 최악의 변을 당했는지 알아보려는 사람들 사이에 호세 마리노도 보였다. 그는 조마조마하는 마음으로 마떼오를 찾고 있었다. 그리고 부대장, 판사, 시장의 안부도 무척이나 궁금했다. 루나, 오르떼가 그리고 빠르가의 모습도 군중 사이에 보였다.

닫힌 가정집과 가게 문들이 다시 열리고 광장에는 억눌린 비통의 소리가 출렁이었다. 부상을 입은 사람, 저세상으로 떠난 사람 옆에는 소동이 벌어졌다.

민중의 반항을 단숨에 꺾었지만, 군인들은 발포를 멈추지 않았다. 지배층과 군부는 제어할 수 없는 광란과 분노에 부들부들 떨면서 보복을 고래고래 외쳤다. 상인들, 소지주들, 수공업자들, 공무원들 그리고 이글레시아스를 앞세운 유지들이 집결하여 시위대가 형성되었고, 잡것들의 난동을 규탄함과 동시에 치안과 공공질서를 복구하는 데 당국 및 군부와 뜻을 같이하며 무한하고 조건 없는 지원을 맹세한다는 구호를 외치며 부대장 사무실로 행진하였다.

"빌어먹을 인디언 새끼들! 막돼먹고 짐승 같은 것들!" 분을 참지 못한 꼴까 지역 부르주아의 입에서 욕설이 거침없이 흘러나왔다.

"그런데 이 무식한 것들이 스스로 할 줄 아는 게 없는데... 틀림없이 누군가 이것들을 선동했어!"

부대장은 광장에 있는 사상자들을 치우고 군부대와 협력하여 도시 곳곳을 순찰하며 공공의 안전과 질서를 지키려는 시민 의식에 깨어있는 주민들로 구성된 민병대를 당장 결성하라고 지시하였다. 이 군민 조직 수뇌부의 구성원은 주지사, 루나 부대장, 빠르가 시장, 시의원, 오르떼가 판사, 리아뇨 박사, 호적 이글레시아스, 마리노 형제, 부대장 비서, 벨라르데 주임사제, "가정법원 판사, 교사, 그리고 하사이었다.

이들은 도시 중심과 변두리를 샅샅이 뒤집고 다니면서 남녀노소 가리지 않고 마구 잡아들였다. 부대장과 일행은 집주인의 동의를 얻거나 강제로 집에 들어가서 직접 또는 간접적으로 난동에 가담했을 듯싶은 사람을 체포하기에 급급했다. 꼴까의 지배층과 부르주아는 이 모든 상황의 원인과 책임을 최하위층, 즉 원주민에게 덮어씌웠다. 그렇게 서민들은 저들의 잔인하고 냉혹한 탄압의 대상이 되었다.

군인들 외에도 꽤 많은 주민이 소총이나 카빈총으로 무장했다. 사실, 부대장과 함께 움직이는 모든 사람은 명분이 있든 없든 권총을 차고 다녔다. 난동에 참여했으리라 추정되는 원주민은 그 누구도 처벌을 피해가지 못했다. 군인들이 개머리판으로 문을 부수자, 거주하는 사람들이 공포에 질려 달아나고, 손에 권총을 든 자(者)들이 이들을 뒤쫓아 지붕, 트리하우스, 우리, 흙더미, 시궁창 같은 곳까지 모조리 뒤졌다. 결국은, 도망간 사람들을 생포하거나 사살하였다. 난동이 터진 오후 1시부터 자정까지 총소리가 끊이지 않았다.

이 탄압에 오르떼가 판사와 벨라르데 주임사제가 눈에 핏발을 세우면서 누구보다 적극적으로 앞장섰다.

"아니, 부대장님!" 원한이 맺힌 듯한 목소리로 사제가 주장했다. "이곳에 강력한 공권력이 필요해요! 부대장님이 굳건한 모습을 보이지 않으면 오늘 밤이라도 당장 저 인디언 놈들이 다시 들고일어나서 약탈, 살인, 도둑질을 서슴지 않을 거예요!..."

밤 12시. 민병대 수뇌부와 루나 부대장이 시의회 홀에 모였다. 주요 인물들이 의견을 나눈 뒤 주(州) 군부에 이 사실을 전보로 보고하기로 뜻을 모았다. 그리고 그 자리에서 전보 내용을 작성했다.

> 레데스마 대장. 꾸스꼬. 금일 13:00시 징병위원회 회의 중 반란한 인디언들이 총기와 돌로 부대장 사무실 공격. 즉시 반격하여 반란군 제압. 법에 따라 공공 치안 및 질서 복구. 사망자 12명. 부상자 18명. 아군 병사 2명 중상. 반란의 이유와 목적 조사 중. 지역 사회계층, 당국, 모든 시민이 군부와 동참 및 지원. 도시 완전 통제 및 이상 무. 유감스러운 본사건 조사와 책임자 처벌 과정과 결과 추후 보고. 자세한 내용은 우편으로. 부대장 루나.

이어서 빠르가 시장이 사람들에게 코냑을 한 잔씩 돌린 다음 짧게 연설하였다.

"여러분!" 손에 잔을 들면서 입을 열었다. "본인이 의장직을 맡고 있는 시의회를 대표하여 오늘 오후에 발생한 불미스러운 사건에 진심으로 유감을 표하며, 동시에 법과 규칙에서 한 치의 어긋남도 없이 공정심과 열정으로 우리 꼴까에 자유와 시민 안전을 되찾아 준 부대장님을 칭찬하지 않을 수 없습니다. 아울러, 우리 지역의 상업, 농업, 행정 당국을 대표하는 여기 모인 덕망 높은 여러분의 뜻과 바람을 충분히 이해하여 루나 부대장님께 반란 주동자와 가담자 색출 및 처벌 임무를 끝까지 그리고 단호하게 수행해 주시기를 부탁드리는 바입니다. 저희는 진심으로 고마울 따름이고 그리고 우리 꼴까 사회의 가장 훌륭한 분과 함께 한다는 사실을 믿어 마지않습니다. 여러분! 우리의 수호신! 루나 부대장님을 위하여! 건배!"

사람들은 열띤 박수로 빠르가 시장의 연설을 축하하였다. 늙은 능구렁이 시장이 코냑을 느긋이 들이켰다. 이어서 부대장이 소신이 넘치는 어투로 답사하였다.

"빠르가 시장님의 저에 대한 분에 넘치는 칭찬에 너무 감동되고 감사하다는 말씀밖에 드리지 못하겠습니다. 솔직히 저는 주어진 임무를 수행했을 따름입니다. 제가 한 일이라고는 무식하고, 무지하고 분노한 폭도들의 횡포와 범죄 행위에 맞서서 지역의 안전을 지킨 것뿐입니다. 그 이상도 이하도 아닙니다. 저 역시 오늘 일어난 일에 대하여 매우 유감입니다. 그러나 이 난동의 책임자들을 끝까지 그리고 철저하게 법의 서슬을 받게 하겠습니다. 오늘 저의 부하들이 대응한 방법은 시작에 불과합니다. 경거망동하고 야만적인 인디언들에게 공권력에 대드는 짓이 얼마나 끔찍

한 대가를 치러야 하는지 똑똑히 보여주겠습니다. 지금 여러분 앞에서 마지막 폭도까지 철저히 처벌하겠다는 맹세를 합니다. 건배!"

격렬한 박수갈채가 길게 쏟아졌다. 많은 사람이 진정으로 감격한 눈빛으로 시장과 부대장을 칭찬하면서 껴안았다. 그리고 코냑이 한 잔 더 돌았다. 이어서 오르떼가 판사, 벨라르데 주임사제 그리고 리아뇨 박사가 민중을 규탄하면서 본때를 보여주는 대책을 촉구하는 내용의 연설을 하였다. 마리노 형제와 이글레시아스는 예사로운 담화 같이 들리는 연설을 하면서 원주민들을 닥치는 대로 인정사정없이 탄압해야 한다는 주장을 집요하게 펼쳤다.

"대장장이 그놈!..." 얼굴에 살기가 가득 찬 이글레시아스가 입을 열었다. "그나마 좀 똑똑한 그 망할 놈이 다른 것들을 선동했어! 달아난 것 같은데, 그 망할 놈을 끝까지 추적하고 체포해서 죽여 달라고 빌 때까지 족쳐야 하는데..."

"뭐 하러 사서 고생하시려고요?" 호세 마리노가 말을 끊었다. "그냥 총알 한 발 박아버리지. 골칫거리 놈! 미친개 같은 놈!"

"광장에서 죽은 것 같은데요." 부대장을 수행하는 사병이 조심스럽게 입을 열었다.

"아냐!" 부대장이 자신있게 대답하였다. "첫 발포가 나자마자 제일 먼저 내뺐어. 빨리 잡아들여야 해!"

그리고 큰 소리로 하사를 불렀다.

"네, 부대장님!" 하사가 달려와서 엄숙한 표정으로 차렷한 다음 거수

경례를 하였다.

"만사 제쳐놓고서라도 대장장이 우안까를 잡아들여! 무슨 수를 쓰든 상관없어! 어디에 숨었든 무조건 잡아 와! 생포하든 대갈통에 한 방 박든, 무조건 끝내! 그래! 그놈을 끌고 오든 시체를 가져오든 상관없어! 내가 약속했지? 자네 소위 승진이 달린 일이야!"

"잘 알겠습니다!" 의기차게 하사가 대답하였다. "분부하신 대로 따르겠습니다. 걱정하지 마십시오!"

가끔 밤의 정적을 깨트리는 권총 또는 카빈총 소리가 멀리서 들려왔다. 순찰하는 민병대가 발포하는 것이었다.

시의회 홀에는 코냑이 몇 차례나 더 돌았고 주임사제, 부대장 그리고 마리노 형제에게는 취기가 슬슬 올라오기 시작하였다. 시가 연기가 자욱한 실내의 분위기가 점차 가볍고 흥겨워졌다. 급기야 발포 사건을 둘러싸고 우습고 상스러운 이야기가 오갔다.

"아니, 인디언 새끼들, 정말 멍청한 것들이야!" 약간 취하고 얼굴이 벌겋게 달아오른 가정법원 판사가 같이 있던 하사 그리고 졸병 한 명에게 내뱉었다.

"아, 병신들!" 하사가 의기양양하게 맞장구쳤다. "내가 오늘 그 새끼들 제대로 조졌잖습니까! 그 대장장이 놈이 '사람 한 명이 죽었소!'라고 소리 지르면서 광장으로 뛰쳐나왔을 때 바로 내 옆에 있던 늙은 놈 대갈통을 개머리판으로 갈겨서 보내버렸어요. 그리고 몇 걸음 물러서서 인디언 놈들에게 소총을 쏘기 시작했죠. 기관총으로 갈기는 기분으로요. 탕,

탕, 탕! 씹할! 몇 놈이 꼬꾸라졌는지 알게 뭡니까! 그런데 한 가지 분명한 거는, 내 눈에는 악마 무리가 보였고, 나는 그냥 탄창이 빌 때까지 쐈다는 거죠... 아, 씹할! 아마 최소한 일곱 놈은 뒈졌을 거에요... 죽다가 살아남은 놈들은 빼고...”

"아, 저는요...!" 졸병이 자부심에 가득 찬 어투로 입을 열었다. "저는요! 아, 씹할! 인디언 새끼들 그냥 순식간에 으깨버렸습니다! 놈들이 돌을 던지기 시작하기 전에 벌써 두 놈을 보내버렸습니다. 내 옆에서 '주인님, 주인님'하며 씨부렁대던 년이 있었는데, 그냥 배퉁이를 개머리판으로 찍었더니, 찍소리도 하지 못하더군요... 그리고 어떤 놈이 내 앞에 무릎 꿇은 채 잘못했다면서 울길래 그냥 개머리판 한 방을 옆구리에 갈겼습니다...!"

경악한 모습을 감출 수 없을 만큼 소름이 끼쳤지만 가정법원 판사는 흥분된 얼굴과 목소리로 군인들을 격려했다.

"잘했어요! 정말 잘했어요! 무지막지한 인디언들 짐승보다 못한 것들이잖아요! 사실, 촐로 새끼 우안까 그놈을 죽였어야 했는데! 그 새끼가 살아있다는 게 참 아쉽네요! 젠장!"

"아, 그 새끼!" 하사가 맹세하는 모습으로 손을 들며 말을 이어갔다. "그 새끼! 여러분, 두고 보세요! 내가 그 새끼를 어떻게 골로 보내는지! 나만 믿으세요! 부대장님이 그놈 시체라도 가져오면 소위로 승진시켜 준다고 했습니다!..."

이들과 몇 발치 떨어진 곳에서 호세와 마떼오 마리노가 진지한 표정으로 부대장과 이야기를 나누고 있었다. 호세가 부대장의 팔을 슬그머니 잡으면서 한잔 같이하자고 나지막이 제안했다. 그러자 마떼오가 냉큼 석잔을 돌렸고 세 사람은 술잔을 든 채 한 구석으로 향했다.

"부대장님!" 호세가 목소리를 깔면서 말하였다. "잘 아시다시피, 저는 부대장님 편입니다. 언제나 그리고 진정한 부대장님 편 말입니다. 제가 그런 사람이라는 사실은 수없이 증명해 보였습니다. 부대장님에 대한 저의 호감은 언제나 진심이고 큽니다. 부대장님은 잘 모르시겠지만, 제가 남을 위해서 하는 일에 워낙 생색을 내기 싫어하는 사람이라서 모르시는데, 사실, 끼빌까에 있는 미스터 타일과 미스터 바이스에게 부대장님 이야기를 참 많이 했습니다. 그분들은 부대장님을 아끼시고요. 아, 물론! 부대장님의 노고에 아주 만족해하십니다. 정말입니다! 그런데 말입니다..." 주변에 다른 사람이 있는지 힐끗하더니 목소리를 더 낮추어 말을 이어갔다. "여기 모인 사람 중 누군가 부대장님을 헐뜯는 글을 미스터 타일에게 여러 번 보냈다는 소리를 들었습니다..."

"아, 그거! 그거!" 루나가 여유만만한 웃음을 지으며 대답했다. "그 소식은 이미 들어서 알고 있소..."

"부대장님이 우르떼아가 하원의 수족에 불과한 사람이라니, Mining Society에 맞선 우르떼아가 하원을 위해서 일한다니, 말 같지 않은 소리와 험담하는 내용을 보냈다고 해요..."

부대장은 미소를 잃지 않았지만 얼굴이 살짝 일그러졌다. 불쾌함과 화를 참기 힘든 모양이었다. 그런 모습을 유심히 살피면서 호세 마리노가 숨을 깊이 들이쉬더니 이번에는 상대방을 달래는 듯한 어투로 말을 이어갔다.

"저야 당연히 물불을 가리지 않고 부대장님을 지지합니다. 좀 더 자세히 말씀드리자면, 사실은, 이런 일이 있었습니다. 미스터 타익이 그런 투서나 험담을 믿었는지 하루는 저를 자기 사무실로 불러서 매우 심각하고 비밀을 지켜야 하는 일이라며 단도직입적으로 묻더라고요. 부대장님에 대한 질문인데, 꼴까에 있는 부대장님이 저를 어떻게 대하느냐고 물으면서 솔직하고 가감 없이 대답하라고 하더군요. 부대장님을 둘러싼 이상한 소문이 꼴까에서 계속 들어오는데, 사실 여부를 확인할 길이 없어서 저한테 묻는 거라고 말하면서 말입니다. 그러면서 부대장님이 꼴까에서 저와 협조하는지, 어떤 도움을 주는지, 일꾼 구하는 데 협력하는지, 저희 일이 잘 진행되게끔 힘써 주는지... 뭐, 그런 질문을 하더라고요. 광산에서 필요한 일꾼을 구하는 데 군부가 앞장서달라는 뜻으로 Mining Society가 부대장님이 취임하는 데 결정적인 영향을 끼쳤다면서. 이 사실은 부대장님도 잘 아시잖습니까. 일꾼 구하는 문제 말고 부대장님의 사적인 용건은 전혀 개의치 않다고 해요. 부대장님이 우르떼아가 하원 쪽 관계자들과 잘 어울리고, 술 너무 좋아하시고, 뭐 그런 거는 자기들이 이러쿵저러쿵할 문제가 전혀 아니래요. 양키가 그렇게 말하더군요. 그 날 그 사람 기분이 정말 안 좋아 보였어요. 그래서 제가 아주 명확하게 대답했습니다. 부대장님이 저희를 항상 정중하고 올바르게 대하시는 덕분에 저희가 섭섭하게 느낄 이유가 전혀 없다고요. 그런데도, 그 양키가

'만약 루나 그 친구가 당신들에게 비협조적이거나 무슨 문제라도 일으키면 즉시 리마 지사에 연락해서 그 사람 당장 해고되게 할 거요. 우리 회사의 페루 사업은 매우 중요하기 때문에 말 같잖은 문제 따위로 사업이 흔들리는 것 절대로 용납할 수 없소.'라고 말하더라고요. 그래서 제가 부대장님은 우리 편이라고 잘라서 대답했습니다. 확실하게 우리 편이라고 못을 박았습니다. 그리고 그런 투서나 험담은 그야말로 근거 없는 짓거리라고 말입니다…"

"사실은…" 마떼오가 목소리를 깔면서 한술 더 떴다. "누가 양키들에게 그런 편지를 보내는지 저희가 알고 있습니다…"

"자, 자!" 호세가 표정을 환하게 바꾸면서 동생의 말을 끊었다. "어쨌든, 제 말씀의 요점은 양키들이 뭔가 들은 게 있고 심기가 불편하니 조심해야 한다는 거죠…"

"그런데 그게 말도 안 되는 소리 아니오!" 루나가 발끈했다. "내가 미스터 타일에게 절대적으로 충성한다는 사실은 여기 두 분이 누구보다 잘 알잖소!…"

"에이, 알지요! 알다마다!" 기선제압에 성공한 호세가 자기 배를 느긋이 쓰다듬으며 덧붙였다. "그래서 제가 미스터 타일 앞에서 부대장님을 적극적으로 옹호한 거 아니겠습니까! 그 덕분에 미스터 타일이 제 말을 믿었고요!"

"아, 예! 일이 잘 풀렸습니다! 정말!" 마떼오가 감탄했다.

"이거… 정말 고맙다는 말을 어떻게 해야 할지…" 감격했는지 떨리는 목소리로 부대장이 호세 마리노에게 말했다. "˝돈 호세, 아시겠지만 나는 돈 호세를 위해서 최선을 다하는 친구 아닙니까! 필요한 거 있으면 말씀만 하세요. 바로 해결해 드리지요. 당장. 두말없이. 단칼에 해결해 드리겠습니다."

"네, 네! 정말 잘된 일입니다. 부대장님!" 마떼오가 거들었다. "이럴 때 같이 한 잔 나눕시다!"

"좋지! 부대장님을 위하여!" 호세가 술잔을 들었다. "우리의 위대하고 숭고한 우정을 위하여! 건배!"

"그렇지! '마리노 브라더스'를 위하여!" 부대장이 맞장구를 쳤다. "건배! 미스터 타일, 미스터 바이스 그리고 Mining Society를 위하여! 그리고 미국을 위하여! 건배!"

술잔이 여러 번 돌았다. 그러자 기다린 순간이 지금이라 여긴 호세가 부대장에게 나지막이 물었다.

"오늘 인디언 몇 놈이 잡혀 왔습니까?"

"대략 마흔 명."

그 말을 들은 호세가 말을 꺼내려다가 입을 꾹 다물었다. 그러나 결국에는 부대장에게 물었다.

"오전에 우리가 일꾼 문제로 이야기했지요?…"

"그래요. 광산에 일꾼 백 명 정도 보내야 하는 거…"

"예. 바로 그거. 그 문제. 그런데 말입니다… 그 문제를 해결할 방법이 있을 거 같네요. 제 생각은 이렇습니다. 부대장님은 달아난 놈들 잡으러 지금 당장 나갈 부하들이 부족하죠. 그런데 엎친 데 덮친 격으로 잡아들인 인디언 놈들을 어떻게 처리할지 막막한 상황 아닙니까? 그러니까 지금 몇 놈이라도 저희에게 넘기면 끼빌까로 보낼 수 있겠다는 생각이 듭니다."

"아, 아! 그거!" 부대장이 소리쳤다. "그런데, 그게 좀 어렵다는 거 잘 아시잖소... 그러니까... 아니, 잠깐만! 잠깐만요!..."

루나가 턱을 만지작거리면서 곰곰이 생각하더니 잠시 뒤 호세에게 동조하는 표정을 지으며 속삭이었다.

"더는 말이 필요 없소! 척하면 착 아니오? 그렇게 합시다."

마떼오가 잽싸게 술 석 잔을 더 가져왔다.

"자, 여러분!" 호세가 술잔을 들면서 홀에 있는 사람들의 주의를 끈 다음 말을 이어갔다. "인디언 폭도들에게서 우리 모두를 구한 위대한 로베르또 루나 부대장님을 위하여 건배를 제안하겠습니다. 꼴까를 위하여 헌신한 루나 부대장님을 정부 당국이 틀림없이 포상할 거라 확신합니다. 저는 지역 주민들이 루나 부대장님께 진심으로 감사하는 마음이 담긴 청원서를 지금 이 자리에서 작성하고 서명하여 국무총리에게 보내자는 말씀을 드립니다. 아울러 부대장님의 노고를 높이 사는 증표로 연회와 우리 모두의 이름으로 기념 금메달 수여식 등등의 행사를 추진할 위원회 발족을 제안합니다..."

"옳소! 옳고말고! 찬성이요! 만세! 만세!..."

시의회 홀 분위기가 한층 더 달아올랐다. 취기가 잔뜩 오른 오르떼가

··· 텅스텐 ··· 137

판사가 졸병 한 명을 불러 지시했다.

"얼른 가서 군악대를 데려오시오. 한 명도 빠짐없이 깨워요. 부대장, 판사, 시장, 주임사제, 의학박사, 지역 주요 인사가 모두 한자리에 모여 있으니 당장 오라고 하시오."

"아니, 오르떼가 판사님!" 리아뇨 박사가 의아해하였다. "뭐 하러 군이 군악대까지?..."

"당연하죠! 안 될 이유라도 있소?"

"그게... 오늘 유혈사태가 있었는데... 아무래도 사람들 눈에..."

"무슨 사람들? 인디언 놈들? 별걱정을 다 하고 있소... 신경 쓸 필요 없어요! 걱정하지 말라니까!"

판사가 다시 지시하였고 졸병은 군악대 병사(兵舍)로 달려갔다.

새벽 시간에 시의회 홀에는 여느 축제장이나 연회장 분위기가 넘치고 출렁이었다. 군악대는 왈츠와 활기찬 *마리네라를 연주하고 사람들은 마냥 흥겹기만 하였다.

어느덧 늦은 시간이 되어 많은 손님이 자리를 떴지만, 열대여섯 사람은 술에 전 상태로 홀에 죽치고 있었다. 남자들끼리 춤도 추었다. 특히 벨라르데 주임사제와 오르떼가 판사가 마리네라에 한껏 빠져있었다. 사제는 수단을 내던지고 축제의 주인공을 자처하였다. 사람들 사이를 누비고 다니면서 춤추고 목청껏 노래하였다. 그러다가 불쑥 치차를 판매하는 여인들 집에 가자고 제안했다. 사실 사제와 리아뇨 박사는 늘씬한 몸매의 두 원주민 여자에게 음탕한 마음을 오래전부터 품고 있었다. 그러나 그녀들의 아버지가 낮에 광장에서 다쳤다고 누군가 귀띔해 주는 바람에 정말 아쉬웠지만 다음으로 미루었다.

빠르가 시장, 루나 부대장 그리고 마리노 형제는 서로 팔을 붙잡은 채 열띠게 말을 주고받았다.

"나는… 말이요!" 해파리처럼 흐느적대는 몸을 어찌어찌 겨우 가누면서 시장이 버벅댔다. "나는!… 양키들 편이요!… 완전히! 내… 모든 게… 양키들 덕분이요! 시장직!… 모두 다! 내 주인이요!… 그들이 꼴까의… 진정한 지… 배자이요!"

"어디 꼴까뿐이겠습니까!" 마떼오 마리노가 끼어들었다. "주(州) 통째가 그들 것 아닙니까! 말 그대로 그들이 지배하지요! 지랄! 여러분, 미스터 타일 만세!"

"그게 말입니다, 여러분…" 국제사회의 흐름에 나름대로 견해가 있는 부대장이 사람들에게 열심히 설명하였다. "미국은 이 세상에서 가장 위대한 나라입니다. 얼마나 발전했습니까! 부유하고 양키들이 얼마나 위대한 사람들입니까! 거의 모든 남미 국가의 재정이 미국인들 손에 있지 않습니까! 광산, 철도, 고무, 제당 같은 산업이 모두 뉴욕의 호주머니에서 나오는 달러로 가능하지 않습니까! 정말 대단하기 짝이 없는 일입니다! 그리고 두고 보십시오. 유럽에서 전쟁이 끝나지 않을 겁니다. 미국이 개입하기 전까지는요. 제 말 명심하세요. 너무나도 명백하고 뻔한 일입니다. ˚윌슨은 보통 대찬 사람이 아닙니다. 정말 재능이 탁월한 사람이에요. 이 사람의 기막힌 연설은 한 번쯤은 꼭 들어보셔야 합니다. 저번에 신문에서 읽었는데, 정말! 뛰어난 인물임이 틀림없습니다!"

"그나저나, 무엇보다 Mining Society!" 호세 마리노가 열정을 내어 덧붙였다. "페루에서 가장 큰 광산회사 아닙니까! 북쪽 지방에 구리 광산, 중부와 남부 지역에는 금과 은 광산! 어디를 가나 그들의 광산이 있잖습니까! 언젠가 미스터 바이스에게 Mining Society가 어떤 회사인지 전해 들었는데, 그 규모가 어마어마합니다! 이 회사의 동업자들이 미국의 최대 부호라는 사실이 믿기지 않습니다! 대부분 은행가인데 제당, 자동차, 정유사업에도 동업을 한답니다! 미스터 타일과 미스터 바이스의 재산은 헤아릴 수 없을 정도이고요!..."

"자, 자, 여러분?" 벨라르데 주임사제가 오르떼가 판사와 팔짱을 끼고 다가왔다. "무슨 재미있는 이야기를 나누시나요?"

"저희요?" 마떼오 마리노가 우쭐대면서 대답했다. "양키들 이야기요."

"아! 미국 사람들!" 사제의 목소리가 커졌다. "아! 그 사람들 최고 아닙니까! 미국인들을 위하여 우리 건배 한 번 합시다. 그들이야말로 진정한 지배자이지! 한번은 제가 꾸스꼬에 갔는데, 그때 주교님이 미스터 타일 앞에서 꼼짝 못 하는 모습을 이 두 눈으로 똑똑히 본 거 아니겠습니까! 그야말로 기가 막힐 노릇이었어요! 주교님이 깐따 지역의 사제를 전근 보낼 계획이었는데, 미스터 타일이 반대하니까 당장 그 생각을 접더라고요!..."

마떼오 마리노가 군악대에게 큰 소리로 명령하였다.

"크게! 크게! 크게!"

복도에 있어서 홀 내부에서 무슨 말이 오가는지 전혀 모르는 군악대가 단조롭지만 힘차고 리듬 있게 연주했다. 홀에는 고막이 터질 듯한 아우성들이 뒤섞여 울렸다. 모두 손에 술잔을 들고 각자 내뱉고 싶은 말을 지껄이었다.

"미국 만세! Mining Society 만세! 미국인들 만세! 윌슨 만세! 미스터 타일 만세! 미스터 바이스 만세! 끼빌까 만세! 부대장님 만세! 시장님 만세! 판사님 만세! 이글레시아스님 만세! '마리노 브라더스' 만세! 인디언 퇴치! 인디언 박멸!..."

난장판과 군악대 연주 소리 사이에 리볼버 총성도 여러 번 들렸다. 오르떼가 판사와 벨라르데 사제는 손수건을 꺼내어 마리네라를 추기 시작하였다. 그 모습을 본 군악대는 몸을 들썩거리지 않고는 배길 수 없는 마리네라의 푸가를 연주하였다. 다른 사람들이 판사와 사제를 둘러싸고 손뼉을 치면서 열렬하고 째지는 소리를 질렀다.

밖에는 안데스산맥의 눈 내린 산 너머 벌써 동이 트고 있었다.

* * * * *

다음날, 리아뇨 박사가 시체들을 부검하였다. 어제 부상자 중 세 명이 새벽에 숨을 거두었다. 몇몇 시체는 오후에 매장되었다.

　루나 부대장은 오후 한 시쯤 아직 침대에서 일어나지 않은 채 오전 우편물을 받는데 그중에 지역 수비대 대장의 전보가 있었다.

　　루나 부대장. 꼴까. 발생한 일은 개탄스러움. 인디언들의 습격 퇴치,
　　공공 치안 및 질서 복구 치하함. 대장 레데스마.

　이어서 루나는 편지와 신문을 느긋하게 읽었다. 어느 순간 불쑥 함박웃음을 지으며 자기 수행 부하를 불렀다.
　"부르셨습니까?"
　"호세 마리노 씨에게 연락해. 내가 긴히 나눌 말이 있으니까 지금 즉시 오라고 전해."
　"알겠습니다."
　잠시 뒤 호세 마리노가 기대에 가득 부푼 얼굴과 활기찬 걸음으로 부대장의 침실에 들어왔다.
　"안녕하세요! 잘 주무셨어요?"
　"아, 네…" 좀 피곤하다는 몸짓으로 부대장이 대답했다. "어서 와서 자리에 앉으시죠. 이제는 늙어서 그런지 술이 몸에 안 받는 거 같아요… 그래도 어쩌겠습니까!"
　"아, 저는!… 업어 가도 모를 정도로 잘 잤습니다!"
　"그나저나, 마리노 씨. 방금 대장이 보낸 전보를 읽었어요!" 부대장이

전보를 건네주었다. "직접 읽어 보시죠!"

호세 마리노가 속으로 내용을 읽었다.

"훌륭하네요!" 장사치가 들뜬 목소리로 부대장의 기분을 한층 돋우었다. "정말 훌륭해요! 제가 어제 말씀드렸죠? 당연한 일인데! 레데스마 대장과 총리실에서는 부대장님의 업적을 높이 사야 합니다! 그리고 제가 당장 미스터 타일에게 어제 일에 대한 자세한 보고서를 올리면서 부대장님을 추천하는 글을 꾸스꼬와 리마에 보낼 것을 그 분께 적극 권유하겠습니다. 그렇게 하면 윗선에서 부대장님의 임무 수행 능력을 인정할 것이고 이 지역을 부대장님께 계속 맡기게 될 겁니다."

"맞아요! 맞아! 바로 그거! 좋습니다! 그 문제는 알아서 잘해주시기를 바랍니다! 그리고 잡혀 온 인디언 놈들은… 지금 당장은 마리노 씨가 열다섯 명 정도는 광산으로 데려갈 수 있다고 봅니다. 아! 그리고 방금 신문에서 읽었는데, 미국이 드디어 유럽 전쟁에 뛰어들었답니다!"

"그래요?" 호세 마리노가 화들짝하며 물었다.

"그래요, 그래요, 그래요! 분명히 그렇게 읽었습니다."

"그렇다면, 미스터 타일이 벌써 그 사실을 알고 있을 테고, 채굴 작업량을 더 늘리라고 지시했을 겁니다. 엄청난 양의 텅스텐을 당장 모젠도 항(港)으로 운반해서 뉴욕으로 보내야 하거든요."

"바로 그 문제 때문에 마리노 씨를 보자고 한 겁니다. 일꾼 구하기가 한시가 급한 Mining Society 사정에 작은 도움이라도 될지 해서 오늘 당장 감방에 있는 인디언 중 열다섯 명이라도 우선 데려가라는 말씀을 드리려고요."

"스무 명 정도는 안 될까요?"

"저도 그렇게 하면 얼마나 좋겠습니까! 여기서 마리노 씨와 협조하는 게 저에게는 가장 우선인 거 잘 아시잖습니까. 그리고 미스터 타일이 만족해하는 일이라면 저는 물불 가리지 않습니다. 그런데, 보세요. 어제 말씀드렸듯이, 저도 이번 달 말까지 최소한 신병 다섯 명을 보내야 합니다. 신병을 보내라는 대장의 명령을 어길 수 없잖습니까? 게다가, 인디언 중 세 명을 제 부대원으로 보충해야 하고요. 입장을 바꿔서 생각해 보세요. 만약에 저라면 어떻게 하시겠습니까? 그리고 인디언들을 끼빌까로 보내는 이 일은 아주 은밀하게 처리해야 합니다. 리아뇨 박사와 능구렁이 이글레시아스가 눈을 부릅뜨고 지켜보고 있어요. 그리고 제가 마리노 씨에게 끼빌까 광산으로 데려가라고 인디언 스무 명을 내줬다는 사실을 이글레시아스가 알게 되면 분명히 자기 농장에도 그만큼의 인디언을 요구할 게 뻔한 일입니다. 그런데 이 작자가 우르떼아가 하원과 수시로 서신을 주고받는 사이 아닙니까. 그러니까 이 능구렁이의 편지 한 줄이면 제가 정부 당국의 눈 밖에 날 수 있단 말입니다!..."

"그렇지만 미스터 타일이 있잖습니까?..."

"물론 그렇지요! 누가 모르나요! 그렇지만 하원의 눈치를 어떻게 안 볼 수 있습니까?..."

"잠깐, 잠깐! 잠깐만요! 저는 이글레시아스가 알아야 할 이유가 없다고 봅니다. 생각해 보세요. 끼빌까는 여기서 한참 떨어져 있습니다. 인디언들이 광산에 있는 한 이들이 어디에 있는지, 뭐 하는지, 살았는지 죽었는지, 누가 알겠습니까?"

"그렇지만, 인디언들 가족은요? 혹시라도 그들이 끼빌까로 가는 사태가 벌어지면요?"

"그러면, 부대장님이 그런 일이 일어나지 않게 사전에 막으면 되지 않습니까? 그리고 인디언들을 풀어줬는데, 이놈들이 나중에 재판을 받을까 지레 겁을 먹고 도망갔다는 말을 퍼뜨리면 됩니다. 그렇게 하면 나중에 혹시 이놈들 중 몇 명이 광산에 있다는 사실이 알려져도, 제 발로 끼빌까에 갔다고 우기면 부대장님께 책임을 물을 수 없잖습니까?…"

이렇게 호세 마리노와 부대장이 합의를 보았다. 그날 밤, 가장 무식하고 가난해 보이는 원주민 스무 명을 고른 다음, 늦은 시간에 세 명씩 도시 밖으로 몰래 빼내었다. 도시의 텅 빈 거리에는 바람 소리조차 들리지 않았고 장전된 총을 든 군인 두 명이 원주민들을 끼빌까로 향하는 길이 있는 꼴까의 외곽으로 데려갔다.

새벽 4시, 루나 부대장이 마리노 형제에게 넘긴 원주민 스무 명이 드디어 끼빌까 텅스텐 광산으로 출발하였다. 원주민들은 팔이 등 뒤로 결박된 채 일렬종대로 묶여 길을 걸어야 했다. 마리노 형제, 군인 한 명 그리고 '마리노 브라더스'가 사비를 들여 구한 남자 네 명이 말을 타고 호송에 나섰다. 일곱 명 모두 권총, 카빈총 그리고 넉넉한 양의 총알로 무장하였다. 그리고 끌려가는 원주민들이 행여나 사람의 눈에 띌까 외진 산길로 이동하였다.

원주민들은 자신들이 처한 상황에 관한 언급이나 설명을 한마디도 듣지 못했다. 어디로 가는지, 언제까지 잡혀있을지, 어떤 환경에 놓여있을지... 아무것도. 이들은 그냥 묵묵히 따라야 할 뿐이었다. 영문도 모른 채 서로 쳐다보면서, 고개를 떨구고, 비극적인 침묵에 잠긴 채, 맨발로 조용히 걸어갈 뿐이었다.

어디로 우리를 끌고 가는 걸까? 혹시 꼴까에서 죽은 사람들 때문에 재판을 받게끔 꾸스꼬로 끌고 가는 걸까? 그런데 그 사람들은 아무 죄가 없잖아? 아, 정말 어디로 가는 걸까? 답답하네! 혹시 부대로 끌고 가는 건가? 그런데 늙은 사람도 신병이 되나? 알다가도 모를 일이네! 그리고 왜 군인이 아니고 마리노 형제와 민간인 차림의 저 남자들이 무장한 채 우리를 끌고 가지? 정말 부대장이 시켜서 이런 일을 하는 건가? 아니면, 하필이면 광장에서 총성이 울린 그때 그곳을 지나가는 바람에 잡혔는데, 우리를 멀고 외딴곳에 끌고 가서 험한 짓을 저지른 다음 내던져버리려고? 만약 그렇다면, 그 멀고 외딴곳이 어디일까? 도무지 알 길이 없네! 도대체 어디로 끌고 가는 거야? 어디로? 그나저나 강냉이 한 줌도 없이! 밀이나 귀리 한 줌도 없고! 꼬까 한 덩이조차 없이!

아침이 되고 햇볕에 사방이 이글거리기 시작하자 원주민들이 목이 말랐다. 이럴 때 치차라도 한 잔 마시면! 까냐 한 잔이라도! 하다못해 물한 모금이라도! 그런데 식구들은 잘 있을까? 가엾은 우리 딸, 아기를 가졌는데! 우리 아들, 아직도 어린데! 우리 손주 녀석이 점심은 잘 먹었는지. 야위고 가난하지만 선하기 짝이 없는 우리 엄마. 다 자랐을 노란색 그리고 빨간색 "로꼬또! 연둣빛 옥수수밭! 닭고기 좋아하는 내 여자 친구!... 이 모든 게 그들에게서 점점 멀어지고 있었다. 언제 다시 돌아올지... 다시 돌아올지... 다시 돌아올 수 있을까?...

3장

  몇 주 뒤, 대장장이 우안까가 끼빌까에서 레오니다스 베니떼스 그리고 이제는 고인인 그라시엘라의 첫 남자였던 시굴자와 이야기를 나누고 있었다. 늦은 밤에 끼빌까의 변두리이고 인부들의 막사가 모여 있는 협곡에 지은 시굴자의 오두막에서. 홀로 사는 허름한 단칸방의 침대 옆에 켜진 등유 등잔. 가구라고 해야 고작 통나무와 녹나무 두 쪽으로 만든 간이의자. 신문지로 도배된 휘어진 벽. 그 위에 리마에서나 구할 수 있는 잡지에서 찢어 덕지덕지 붙인 사진들.

세 남자는 나지막이 그리고 굳은 표정으로 은밀하게 말을 주고받았다. 때때로 말을 멈추고, 삼끈으로 만든 문 뒤에 조심스레 숨어서 고원의 정적에 묻히고 아무도 없는 거리를 매섭고 의심에 가득 찬 눈초리로 훑어보았다. 어떤 이유로 서로 공통점이 전혀 없는 이 세 사람이 이런 곳에 모이게 되었을까? 베니떼스에게 무슨 일이 있었기에 평소에는 거들떠보지도 않던 시굴자와 밀담을 나누는 사이가 되었을까? 그러나 이보다 더 의아한 점은 반항적이고 과묵한 세르반도 우안까와의 연결고리였다. 게다가, 꼴까에서 발생한 유혈사태에서 달아난 대장장이가 무슨 이유로 끼빌까에 발을 들여놓게 되었는지 또한 의문스러울 뿐이었다.

"그럼, 그렇게 하는 겁니다. 이의 있습니까?" 우안까가 힘찬 목소리로 두 사람에게 물었다.

베니떼스는 머뭇거리는 모습을 보였다.

"나는 없소!" 시굴자는 확신에 넘친 어조로 대답하였다. "나는 전폭적으로 동의하오!"

"베니떼스 씨..." 우안까가 측량기사에게 물었다. "미국 놈들과 마리노 형제가 갈취를 일삼고, 온갖 범죄를 저지르고, 원주민의 생명과 피와 땀의 결과를 수탈해서 부를 누린다는 사실을 받아들이지 못하는 거요?"

"절대로 그런 게 아니오." 베니떼스가 미지근하게 대답했다.

"그런데 왜 주저하는 거요? 이런 착취 행위가 광산 지역 어디를 가나 빚어지고 있소. 이 세상 어디를 가나. 페루, 중국, 인도, 아프리카, 러시아... 마찬가지요..."

"그렇지만, 미국에는 그런 일이 일어나지 않소!" 베니떼스가 말을 끊었다. "그리고 영국, 프랑스, 독일 같은 나라에서는 노동자나 가난한 사람도 잘살고 있잖소."

"가난한 사람도 잘살고 있다고?" 목이 멘 듯한 소리로 우안까가 되물었다. "가난한 사람이 잘 살다니? 어떻게 가난한 사람이 잘 산다고 할 수 있소?..."

"아니, 그러니까, 내 말은... 프랑스, 영국, 독일, 미국에서는 고용주들이 자기 나라 노동자를 다른 나라 원주민이나 노동자들 착취하듯 그렇게까지 하지 않는다는 뜻이요."

"뭔가 대단히 착각하고 있소. 신기루를 보고 있든가. 프랑스, 미국, 독일, 영국의 백만장자 고용주들은 인도, 러시아, 중국, 페루, 볼리비아 노동자의 피와 땀을 한 방울도 남기지 않고 빨아먹고 범죄를 저지르는 놈들이요. 자국민 노동자의 피와 땀을 수탈하는 일도 다반사이고 살인도 마다하지 않는 놈들이요. 이 세상 어디를 가든, 말 그대로 어디를 가든! 이 세상은 자본과 노동, 가진 자와 없는 자로 나뉘오. 혁명이 뭔지 알아요? 미국 놈들은 물론이고 전 세계의 착취범을 모조리 몰아내고 원주민과 노동자를 멍에에서 해방하기 위한 투쟁이요. "러시아에서 노동자와 농민이 들고일어났다는 소식 듣지 못했소? 정부, 고용주, 대지주, 호족들에 대항해서 반란을 일으켰어요. 그리고 지금은 새 정부가 들어섰소..."

"네, 네, 네, "엘 꼬메르시오에서 읽었어요." 베니떼스가 다시 말을 끊으며 대답했다. "그렇지만, 차르 정권에 대항한 거지, 고용주나 대지주 계층이 상대가 아니었잖소. 고용주나 호족들은 멀쩡하고... 단지 차르만 쫓겨난 거 아니요?"

"그건 그렇소! 그렇지만 그건 시작일 뿐이요! 앞으로 더...!"

"그렇죠!" 또 말을 끊는 베니떼스의 목소리에 갑자기 생기가 느껴졌다. "러시아에 새 정부가 들어섰는데... 그 위대한 사람 이름이... 이름이 뭐더라?..."

"*케렌스키!"

"그래요, 그 사람! 정말 지식이 풍부하고, 뛰어난 웅변가이면서 애국자라는데, 노동자와 빈곤층을 위하여 공정한 정치를 하겠대요."

"아! 정의를 실현하겠죠! 당연히!" 세르반도 우안까가 실실대면서 빈정거렸다. "노동자와 빈곤층에게 정의를!"

"그래요! 정말 영리하고 청렴한 애국자라는데..."

"또 다른 차르가 될 게 뻔한 인물이요!" 대장장이가 단호하게 되받아쳤다. "영리하다는 놈들, 배웠다는 놈들, 무슨 일을 제대로 한 적이 없어요. 노동자 그리고 빈곤층의 고충을 모르는 지식인이나 지성인이라는 자들은 오로지 자기 출세와 권력밖에 관심이 없어요. 그리고 그 힘을 빌려 자기들 이익만 채우고 진정으로 도움이 필요한 사람들 그리고 지지해 준 사람들을 저버린다고요. 내가 리마의 제당산업 단지에서 일할 때 이 시대에 항상 노동자와 가난한 사람 옆에 서서 편법과 범죄를 서슴지 않는 자본가들과 대지주들에 맞서 정의를 위해 싸우는 유일한 지성인이 있다는 책을 읽었소. 그 사람은 다름이 아니라 레닌이요. 그 사람이야말로 진정으로 위대한 인물이요! 두고 보시오! 러시아 사람인데 이 세상 그 어떤 고용주든 막론하고, 이 사람이라면 치를 떤대요. 얼마나 지긋지긋한 존재 같으면 각국 정부가 이 사람에게 별별 올가미를 씌워서라도 사형에 처하려고 손을 썼다는 소문이 있겠소?..."

"아니, 그러면..." 측량기사가 믿기지 않다는 얼굴로 물었다. "그렇게 쫓기는 처지에 무슨 일을 하겠다는 거요?"

"두고 보시오! 조만간 내 말이 옳다는 것을 보게 될 거요! 리마에서 몰래 들여온 신문이 있소. 레닌이 러시아에 가서 케렌스키에게 맞서 민중을 일으킬 거래요. 케렌스키를 무너뜨리고 노동자와 빈곤층으로 구성된 정부를 세울 거요. 그리고 러시아뿐만 아니라 세계 모든 나라에서 이런 혁명이 일어나야 한다고 주장하고 있소. 여기 페루, 칠레, 외국 그 어디에서든, 미국 놈들과 자본가들을 쫓아내고 우리 같은 노동자 그리고 가난한 사람이 정권을 잡아야 한다고!"

베니떼스는 회의심에 쓴 미소를 지었지만, 시굴자는 아주 경건한 마음으로 대장장이의 말을 한마디라도 놓칠세라 귀담아들었다.

"그건 말이요..." 베니떼스가 안타깝다는 표정을 지으며 말했다. "그건 억지스러워 보이네요. 어떻게 인디언이나, 한낱 일꾼이 집권한다는 말이오? 글도 제대로 읽지 못하는 주제에! 무식한 사람들 아니요? 게다가, 가장 중요하고 기본적인 두 가지 요소를 빠뜨릴 수 없잖소! 첫째, 노동자는 변호사, 의사, 기술자, 사제, 교수 같은 지식인들 없이 할 수 있는 게 없어요. 아무것도 못 한다고요! 지금도 그렇고 앞으로도 절대로 못 해요! 둘째, 노동자가 집권할 만반의 준비가 되어있다고 칩시다. 그렇지만, 자본을 가진 이들에게 좋은 자리를 내주지 않을 수 없잖소? 왜냐하면, 노동자가 댈 수 있는 것이래야 고작 자기 노동력밖에 없으니까…"

"맞는 말이요, 베니떼스 씨! 그런데 한가지 분명히 짚고 넘어갑시다. 제가 방금 말했듯…"

"그래요! 집권하려면 무엇을 갖추어야 하는지에 대해서 저와 생각이 같아 보이는데…"

"저기요! 저기요! 베니떼스 씨? 잠깐만요! 제 말 끊지 말고 들어보세요! 자, 차근차근 봅시다. 우선 베니떼스 씨는 노동자가 변호사, 교수, 의사, 사제, 기술자 같은 지식인들 없이 할 수 있는 게 없다고 주장하는데, 그게요, 문제는 지식인이라는 이런 자들이 원주민과 노동자 계층을 착취하고 갈취하는 데 가장 먼저 앞선다는 사실을 잊지 마시오!"

"그건 아니요!" 베니떼스가 반발하였다. "무슨 말도 안 되는 그런 소리를 하고 있소?"

"사실이요! 생각해 봐요!" 대장장이가 열띠게 되받아쳤다. "그게 엄연한 사실이란 말이요!"

"그래! 맞아! 사실이야!" 지금까지 잠자코 듣던 시굴자가 우안까의 말을 세차게 뒤받쳤다. "의사, 기술자 그리고 다른 놈들, 좀 배웠답시고 유세를 떠는데, 원주민과 가난한 사람 말려 죽이고 갈취하는 데는 너나없이 서로 질세라 하지… 응, 그래! 그러고 보니! 당신!" 잔뜩 화난 얼굴로 측량기사에게 다가갔다. "그래, 당신, 사발라 선생 그리고 루비오 기술자, 당신들! 그라시엘라가 잡화점에서 죽었을 때 그곳에 있었잖소!…"

"아, 아니요! 절대로 아니요!" 겁먹은 목소리로 손을 저으며 베니떼스가 부인했다. "오해가 있소!"

"오해는 무슨! 내 말이 맞잖소!" 시굴자가 측량기사에게 들이댔다. "당신은 위선자요! 당신이 여기 우안까를 만나러 온 이유는 단지 미국 놈들과 마리노 형제가 당신을 해고했고 동업까지 빼앗겼기 때문이 아니요? 그래서 복수하려고! 단지 그거 때문이잖소! 당신하고 루비오가 마리노의 차(車)를 미끼로 삼아 소라족에게 논밭, 가축 그리고 곡식까지 모조리 빼앗고, 광산으로 내몰아서 그 불쌍한 사람들이 기계에 깔리고 다이너마이트 폭파 사고로 개죽음당하는 데 가장 먼저 나섰잖소! 그런 인간이 이제는 같은 편이 되겠다며 우리를 속이려는 거 아니요? 당신은 미국 놈들이나 마리노가 다시 일자리를 준다고 말하면 당장 달려갈 인간이요! 그리고 지금 우리가 나누는 이야기, 우리 계획을 누구보다 먼저 저들에게 낱낱이 고자질해서 우리를 팔아넘기면서 눈썹도 까딱하지 않을 인간이고! 그래! 맞아! 기술자, 교수, 의사, 사제 그리고 다른 놈들, 모두 똑같은 것들이야! 당신 같은 인간은 믿을 수 없어! 절대로 믿으면 안 돼! 무슨 말을 하든! 강도! 범죄자! 배신자! 위선자! 철면피들이야!…"

"자, 자, 그만하시오!" 우안까가 시굴자와 기술자 사이를 떼어놓으면서 달래는 목소리로 말했다. "진정하시오! 지금 이렇게 왈가왈부한다고 득 되는 게 하나도 없어요! 냉철해야 해요! 주변의 주의를 끌거나 허둥

대는 짓은 하지 말아야 하오! 혁명가는 무엇보다 침착해야 해요!"

"분명히 말하는데…" 얼굴이 창백해진 베니떼스가 사정하는 목소리로 말했다. "나는 그런 짓 하지 않았소! 우리 어머니 명예를 걸고 내가 '로사다'의 죽음하고 전혀 무관하다고 맹세할 수 있소!… 정말이요!"

"자, 자, 알겠소!" 우안까가 차분하게 말했다. "그 정도로 하고, 더 중요한 이야기에 집중합시다. 아까 내가 말했듯이…" 베니떼스를 쳐다보면서 말을 이어갔다. "사제, 대학 나온 사람들, 그들 역시 원주민과 노동자의 적이요. 꼴까에서 일어난 일 잊었소? 부대장, 의사, 판사, 시장, 하사, 호족 이글레시아스 그리고 군인들이 원주민 최소한 열다섯 명을 사살한 그 일을 잊었소? 사팔뜨기 오르떼가 판사가 가장 악랄하고 비열하게 날뛰었소. 심지어 벨라르데 사제는 달아나는 원주민들을 뒤쫓는 무리에 앞장서서 저들에게 총을 쏴대면서 온 도시를 뒤집고 다녔소. 그리고 사발라 선생도 다른 사람에 뒤질세라 두 눈 부릅뜨고 설쳤단 말이요…"

분노에 차서 얼굴이 붉으락푸르락한 시굴자가 화를 달래지 못하고 오두막 내부를 서성이었다. 베니떼스는 깊은 갈등에 빠진 듯한 얼굴로 고개를 숙인 채 우안까의 말을 들었다.

대장장이의 이런 주장은 전(前) Mining Society 측량기사의 사고(思考)에 의문의 쐐기를 박는 듯하였다. 사실, 베니떼스는 지식인이 원주민과 노동자를 다스리고 지도해야 한다는 이념에 견고한 신념을 지니고 있었다. 교육을 받기 시작하면서부터 대학을 졸업할 때까지 그렇게 배웠고, 지금도 국내외에서 출간되는 서적, 잡지, 신문에 실린 그런 이념을 당연히 여기며 받아들이고 되새김하고 실천하고 있었다. 그러나 오늘 밤, 세르반도 우안까의 말 한마디 한마디에 왠지 모르게 귀를 기울이고, 이해하려 하고 심지어 공감까지 하고 있었다. 이런 상황을 어떻게 말로 설명할 수 있을지…

미스터 타일과 미스터 바이스가 자기를 측량기사 직에서 해고하였고 호세 마리노가 자기와의 재배와 사육 동업을 일방적으로 파기한 일은 받아들일 수밖에 없는 사실이다. 이런 손해를 입은 바람에 미국 놈 고용주들은 물론이고 '마리노 브라더스'가 상징하는 페루인 고용주에게 앙심을 품은 것 또한 부인할 수 없는 사실이다.

하지만, 그렇다고 해서… 베니테스가 속으로 곱씹었다. 아무리 그래도, 우안까와 손을 잡고 광부와 인부들을 선동하여 Mining Society에 맞서게 하는 일은… 그리고 한 치 앞이라도 더 내다보면, 사회의 경제 체제와 질서 현황을 거스르는 군중의 반란을 무턱대고 일으키는 꼴이 되는데… 이는 정말 무모한 짓이 아닐 수 없다…

게다가 대장장이가 추구하는 게 어디까지인지 미심쩍었다. 임금 인상, 노동자 거주환경 향상, 근무 시간 축소, 야간 및 일요일에 휴식, 의료 및 의약 혜택, 산재급여, 노동자 자녀 무상교육, 원주민 차별금지, 인권 존중, 그리고 궁극적으로 부자, 가난한 사람, 자본가, 노동자, 지배층, 피지배층 모두에게 공정한 사회… 그런데, 대장장이가 이것만 바라는 게 아닌 듯한데? 세르반도 우안까는 지금 개혁을 넘어 혁명을 이야기하고 있지 않나! 혁명! 대자본가와 지도자들이 쥐고 있는 정권을 뒤엎고, 변호사, 기술자, 의사, 과학자, 사제처럼 배웠고 명민한 사람들을 배제하고 노동자와 농민에게 정권을 안기는 세상을 꿈꾸고 있잖나!

측량기사는 정말 이해가 되지 않았다. 한낱 푸줏간 주인이 장관 자리에? 그리고 사제, 교수 또는 과학자가 그와의 면담을 요청하고 맞이방에서 기다려야 한다고? 아니다! 이건 아수라장을 만들자는 도를 넘는 짓이다! 배운 사람 중에 대다수가 얍삽하면서 하위층을 착취한다고 치자. 그렇지만, 상황을 객관적으로 그리고 현실적으로 따져보면, 계획을 세우고 실현하는 인적자원이 발전의 근본이요 시발점인데, 어떻게 문맹이고 무식한 농민이나 일용직 일꾼에게 정부의 요직을 맡길 수 있나? 계획도, 개념도, 분별력도 없는데! 무식하면 용감하다지만, 이 짓은 용감하다 못해 무모하기 짝이 없다! 이런 반란은 박살 날 게 뻔하다! 차라리 계란으로 바위를 박살 내지!

레오니다스 베니떼스의 이런 생각은 확고했다. 바로 이 사실 때문에 측량기사는 자기를 노동자와 농민을 수탈하는 적으로 몰고 제정신이 아닌 사람 같아 보이는 우안까의 말을 계속 귀담아듣고 논쟁하는 자기 모습을 도무지 이해할 방법이 없었다.

"이봐요, 우안까 씨." 베니떼스가 되받아쳤다. "말 같잖은 소리 하지 마시오. 우리 지식인들이 노동자의 적이라는 말에 절대 동의할 수 없소. 사실은 정반대이요. 예를 들어서, 미국 놈들 귀에 들어가면 이곳에서 주검으로 끌려 나갈지 모를 위험까지 무릅쓰고, 내가 자진해서, 당신들과 이야기를 나누려고 먼저 왔잖소…"

"지금은 그렇게 말하지만," 시굴자가 격하게 쏘아붙였다. "내일이라도 미국 놈들이 일자리를 다시 준다면 당신은 우리에게 등을 돌리고 남을 인간이요. 그리고 만약 파업이 일어나면, 누구보다 먼저 당신이 인부들에게 총질할 거요!..."

"그래요! 맞아요!" 세르반도 우안까가 거들었다. "우리 노동자는 그 누구도 믿으면 안 되오. 우리는 항상 배신당했소. 의사, 기술자, 그리고 사제는 더더욱이나 믿으면 안 되오. 우리 노동자는 양키들, 대자본가들, 호족들, 정부, 부르주아, 그리고 당신 같은 지식인들에게 대항하여 투쟁하는 거요..."

이 말을 들은 레오니다스 베니떼스는 마음이 몹시 아팠다. 마음에 큰 상처, 모멸감 그리고 슬픔까지 그를 급습했다. 우안까의 주장 대부분을 수긍할 수 없었지만, 막연한 이유로 광산에서 일하는 불쌍한 일꾼들을 향한 묘하고 멈출 수 없는 공감이 스며들었다. 사실 베니떼스 역시 양키, 정부 관계자 그리고 꾸스꼬, 꼴까, 아꼬야, 리마, 아레끼빠 지역의 대지주들이 원주민에게 저지르는 유린, 수탈, 범죄, 모욕을 헤아릴 수 없을 만큼 목격하였다.

순간, 그가 잊고 있던 과거의 기억이 불쑥 떠올랐다. 언젠가 대학교 동창의 초대로 리마의 어느 제당 공장을 방문한 적이 있다. 동창의 아버지가 공장주인데 페루 국회의 상원 그리고 국립대학 법대 교수직을 역임하였고, 일꾼들에게 휘두르는 잔인한 횡포로 널리 알려진 인물이었다. 일꾼들을 감시하고 불시 점검하기 위하여 새벽에 일어나서 작업장을 돌아

보기도 하였다.

어느 날 늦은 밤, 공장주가 점검을 나섰는데 그의 아들 그리고 레오니다스가 동행하였다. 공장에는 압착 작업이 한창이었다. 새벽 두 시. 세 사람은 압착기와 터빈 옆 그리고 과육 추출기를 지나서 탈수 작업 구역으로 향하는 좁은 계단을 조용히 내려갔다. 그리고 일꾼들의 눈에 띄지 않게 그곳 한구석에 숨어서 저들을 지켜보았다. 몸에 걸친 것이래야 음경을 가리는 천 조각뿐인 많은 일꾼이 고막이 터질 듯한 굉음이 주기적으로 울리는 거대한 실린더 앞에서 사방팔방으로 바삐 움직이는 모습이 베니떼스의 눈에 들어왔다. 혹독한 더위에 그들의 몸에 땀이 비 오듯이 흘렀다. 그리고 눈과 얼굴에는 악몽에 시달리는 듯 괴로운 표정과 보랏빛 색이 비쳤다.

"여기 지금 온도가 어떻게 되나요?" 베니떼스가 물었다.

"48에서 50도 정도." 공장주가 대답했다.

"이 사람들 몇 시간 동안 이렇게 일하나요?"

"오후 6시에서 아침 6시까지. 상여금도 있어."

대답한 다음 공장주가 까치발로 거의 벌거벗은 일꾼들 쪽으로 눈에 띄지 않게 다가갔다.

"잠깐! 잠깐만 기다려! 지금..."

그리고 갑자기 잰걸음으로 걷더니, 물통을 집어서 물탱크에 있는 찬물로 채웠다. 베니떼스는 의아해하는 시선으로 공장주의 움직임을 지켜보았다. 땀에 뒤범벅된 모습으로 철판 모퉁이에 앉아 있는 인부 한 명이 보였다. 그는 무릎을 접고 흠뻑 젖은 머리를 손에 괸 자세로 졸고 있었다. 느닷없이 나타난 공장주를 발견하자마자 인부들이 평소처럼 불안함과 두려움에 떨었다. 이어서 베니떼스는 잔인하고, 사악하고, 보고도 믿기지 않는 장면을 질겁한 두 눈으로 똑똑히 목격하게 되었다. 공장주가 졸고 있는 일꾼에게 와락 다가가서 물통을 그의 머리에 비웠다.

"이 짐승만도 못한 새끼!" 국회 상원 그리고 국립대학 법대 교수직을 역임한 공장주가 독살스럽게 소리 질렀다. "게으름뱅이! 에이 뻔뻔스러운 놈! 날강도 같은 놈! 이 따위 짓을 하면서 돈 받겠다고? 일이나 해! 일하라고!..."

날벼락에 화들짝 잠에서 깬 인부가 바닥에 나뒹굴면서 병든 닭처럼 온몸이 경련에 부대꼈다. 잠시 뒤 벌떡 일어나더니 핏빛 어린 눈으로 허공을 한참 노려보았다. 마침내 제정신으로 돌아오자, 아직 얼떨떨하지만, 작업을 다시 시작하였다. 그런데 나중에 이 인부는 그날 아침을 맞이하지 못하고 세상을 떠났다.

베니떼스가 자기 뇌리를 번득 스친 이 기억을 되짚어 보는 동안 우안까는 해고당한 측량기사와 시굴자에게 열띠게 말했다.

"정말 여러분이 더는 우리 노동자의 적이 아니라 동지라는 마음을 증명하고 싶다면 불쌍한 인부들을 위해서 무엇인가 해야 하오. 그 방법밖에 없소. 여러분이 우리를 위해서 할 수 있는 것은 우리가 요청하는 일 실행하기, 우리 말에 귀 기울이기, 우리의 목적을 위해 여러분의 최선을 다하는 것이요. 그것뿐이요. 지금 시점에서는 서로를 이렇게 알아갈 수밖에 없다고 생각하오. 우리를 돕다가 나중에 때가 되면 진정한 동지로서 동고동락하는 날이 올 거요… 이제 선택하시오, 베니떼스 씨!… 선택할 시간이 왔소!…"

세 사람 사이에 무거운 침묵이 흘렀다. 대장장이와 시굴자는 전(前) 측량기사의 대답을 기다리며 그를 뚫어져라 쳐다보았다. 베니떼스는 계속 머리를 떨군 채 고민했다. 우안까의 주장을 반박할 여지가 더는 없어 보였다. 비록 집착이라 여겨도 과하지 않은 원주민과 일꾼을 위한 대장장이의 투쟁 의지를 아직도 이해할 수 없지만, 베니떼스는 자기가 우안까의 역설(力說)에 거의 넘어갔다고 느꼈다.

사실 베니떼스는 진실을 깨닫지 못하거나 외면하고 있었다. 지금 그가 하찮은 이 두 노동자와 이렇게 허름한 오두막에 같이 있는 까닭은 단지 미국 놈들과 '마리노 브라더스'사(社)가 자기를 헌신짝 버리듯 내팽개쳤기 때문이다. 오로지 그 이유로. 불과 며칠 전까지 Mining Society 의 측량기사로 근무하면서 미스터 타일 그리고 미스터 바이스가 자기를 가깝게 대해 줄 때는 노동자와 원주민에 대한 동정심 같은 감정 따위는 느껴본 적이 한시도 없었다.

레오니다스 베니떼스는 자기 신분에 걸맞게 출세주의와 비열함으로 권력과 재력에 아부하고, 좇고, 저들을 받드는 페루의 전형적인 "끄리오죠 하류 부르주아이며 학생이었다. 광산에서 직장을 잃고 고용주와 동업자의 발에 걷어차이자, 그의 사기는 이루 말할 수 없는 심연에 빠졌다. 자기에게 들이닥친 이 불운이 너무나 막대하게 느껴져 자신이 이 세상에서 가장 보잘것없고 불행한 존재라고 여겼다.

　날이 갈수록 더 여위고 꾀죄죄한 모습으로 끼빌까의 인부 막사촌이나 바위산으로 몽유병 환자처럼 홀로 나돌아 다녔다. 밤이 되면 잠을 편히 이루지 못하고 때로는 침대에서 울었다. 심지어 신경증에 시달리곤 하면서 가끔 몹시 나쁜 생각에 빠지기도 하였다. 스스로 목숨을 끊는 생각도. 실직자이고 내세울 만한 사회적 지위가 없는 삶은 그에게 아무 가치도 의미도 없었다. 즉, 그의 의기, 신앙, 존재의 근본은 월급 수급과 부호와의 악수 여부에 달려있었다.

　자기 인생의 토대가 사라지거나 비뚤어진 상황에서 삶의 몰락은 지극히 자연스럽고, 끔찍하고 돌이킬 수 없었다. 그즈음에 우안까라는 사람의 정체와 그가 끼빌까에 잠입했다는 사실을 알게 되자, 베니떼스의 마음이 갑자기 요동쳤다. 우안까를 찾아가기 전에 그는 여러 번 또 여러 번 궁리하였다. 양키들에게 사정사정하면서 그들의 동정과 동냥을 기다릴지, 우안까를 만나볼지 저울질하면서 며칠 낮과 밤을 보냈다. 마침내, 어느 날 밤, 절망과 답답함에 버거운 나머지 대장장이를 찾아갔다.

　베니떼스와의 만남 초기에 세르반도 우안까는 자기가 왜 끼빌까에 몰래 들어왔는지 밝히기를 꺼렸다. 그럴 만하였다. 우안까가 시굴자를 통하여 Mining Society의 고용주, 임원, 노동자 등등의 현황에 관하여 자세한 정보를 접했을 때, 시굴자가 베니떼스에 대하여 꽤 부정적으로 이야기하였다. 그러나 노동자의 편에 서겠다는 베니떼스의 간절함과 집요함, 그리고 그가 최근에 해고 되었다는 상황이 우안까의 계략과 심정에 영향을 끼쳤는지, 대장장이가 전(前) 측량기사에게 속내를 털어 놓았다. 우안까는 상대가 손 쓸 수 없게끔 덜미를 확실히 잡을 수 있는 비밀 병기로 회사와 임원들의 비리에 관한 내부 정보가 있는 서류 같은 쓸모 있을 만한 물증을 베니떼스가 빼낼 수 있을 거라 기대하였다.

"그나저나, 그쪽이 어떻게 우리를 도울 수 있단 말이요?" 두 사람이 처음 만난 순간부터 우안까가 베니떼스에게 물었다.

"아!..." 베니떼스가 아주 심각한 표정으로 대답했다. "나중에 알려줄게요... 가공할 만한 게 있소!... 나중에 말해줄게요!"

세르반도 우안까는 이 '가공할 만한 게' 무엇인지 속이 탈 정도로 궁금했다. 그래서 노동자를 위한 투쟁에 어떻게든 베니떼스를 끌어들이려고 심혈을 기울였다. 그리고 Mining Society와 미국 놈들의 약점을 찾아내어 상황을 명확하게 파악한 다음 프로파간다를 구상하고 민중을 선동하는 데 시간이 촉박하였다.

사실, 노동자들의 불만은 이미 여기저기서 튀어나오고 있었고 구체적인 행동으로 표출하려는 분위기가 무르익고 있었다. 때를 놓칠 수 없었다. 그래서 우안까가 베니떼스에게 다그쳤다.

"선택하시오! 어서! 솔직하게 그리고 명확하게! 현실을 직시하고! 정신바짝 차리고 잘 판단하시오! 당신 입으로 '마리노 브라더스'의 수탈과 범죄에 신물이 나고 분하다고 했잖소! Mining Society가 하는 짓이라곤 우리 페루의 광물자원을 싹쓸이해서 외국으로 빼낸다는 사실을 당신이 누구보다 잘 알잖소! 그런데 뭘 망설이는 거요! 당신이 왜 해고되었소?

아직도 깨닫지 못했소? 당신은 그들이 시키는 대로 일하지 않았소? 당신이 놀면서 월급을 받은 거 아니잖소! 그런데 왜 해고되었소?"

"마리노가 타일을 꼬드겨서 이렇게 된 거요!" 아직도 사그라지지 않은 화를 씹으며 베니떼스가 대답했다. "그 때문에! 마리노가 나를 꼴 보기 싫어해서! 그렇지만 내가 복수할 거요! 꼭! 이 세상이 두 쪽이 나도 복수하고 말 거요!..."

베니떼스의 독기 섞인 목소리에 놀란 우안까와 시굴자가 서로 말없이 쳐다보았다.

"그래요!" 잠시 뒤 우안까가 베니떼스를 부추겼다. "당신 말이 맞소! 복수해야 해! 자본가들의 부조리에 복수해야지! 그런데 그냥 말로만 하는 게 아니요! 행동으로 보여줘야 해요!"

"그래, 맞아!" 분노한 얼굴로 시굴자가 거들었다. "나는!... 나는!... 그놈들이 그라시엘라에게 한 짓의 대가를 치르게 할 거요! 내 무슨 수를 써서라도...! 개자식들! 씹할 미국 놈들!..."

세 남자는 격분해 있었다. 긴장되고 싸늘한 음모의 기운이 오두막을 가득 채웠다. 레오니다스 베니떼스가 문에 다가가서 틈 사이로 밖을 훑어본 다음 두 사람에게 돌아섰다.

"Mining Society를 확실히 무너뜨릴 방법이 있소!" 우안까의 눈을 똑바로 쳐다보고 숨을 죽이며 말했다. "사실 미스터 타일은 양키가 아니오! 독일인이요! 자기 아버지가 하노버에서 보낸 편지를 내가 가지고 있소! 어느 날 밤 잡화점에서 그가 술에 절어 있는데 바지 호주머니에서 떨어진 걸 내가 주웠소!..."

"좋소! 좋아요!" 대장장이가 베니떼스에게 말했다. "그나저나, 지금은 당신이 우리 편에 서서 미국 놈들을 상대로 같이 싸울 마음이 확실하냐 아니냐가 중요한 거요. 저놈들에 맞설 방법은 셀 수 없을 만큼 많소! 예를 들어, 파업. 당신이 우리를 돕겠다면서 찾아왔기 때문에 이런 이야기를 나누었으니, 지금 내가 당장 알고 싶은 거는 파업에 동참할 일꾼들 그리고 광부들을 끌어오는 데 당신이 나설 수 있냐는 거요."

세 남자는 묵직한 침묵에 빠졌고 팽팽한 긴장감이 돌았다. 대장장이의 단도직입적이고 간결한 물음에 압도된 베니떼스가 잠시 뒤 자신에 찬 목소리로 대답했다.

"할 수 있소! 노동자와 함께 서겠소! 돕겠소!... 그리고 타일의 편지는 원한다면 언제라도 넘기겠소!..."

"알겠소!" 우안까가 힘차게 말했다. "그럼, 내일 밤에 마부 가르시아, 정비공 산체스 그리고 미국 놈들 하인을 꾀어서 데려와야 하오. 그리고 당신은..." 베니떼스의 눈을 똑바로 쳐다보며 말을 이어갔다. "내일 타일 편지를 가져오시오. 내일 우리는 여섯 명이 될 거요. 오늘은 우리 셋만 시작했지만..."

잠시 뒤 베니떼스가 문 뒤에서 밖을 두루 살피고 보는 사람이 없음을 확인한 다음 오두막에서 슬그머니 나와서 천천히 걸어갔다. 몇 분이 지나서, 세르반도 우안까 역시 주변을 샅샅이 훑은 다음 조심스레 밖으로 나와서 베니떼스와 반대 방향으로 천천히 그리고 태연히 걸어갔다. 대장장이의 모습이 산 중턱 아래로 점점 사라졌다.

　두 남자가 밖으로 나간 뒤 시굴자는 문에 빗장을 걸고 등잔을 껐다. 그리고 날씨도 춥고 침대가 더러운 바람에 옷을 벗지 않고 그냥 누웠다. 눈을 감았지만 잠이 오지 않았다. 노동, 임금, 노동시간, 고용주, 노동자, 기계, 착취, 산업, 생산품, 요구, 계급의식, 혁명, 정의, 미국, 정치, 하급 부르주아, 자본, 마르크스... 수많은 생각과 형상이 그라시엘라에 대한 기억과 뒤섞이어 머릿속에서 맴돌았다. 시굴자는 그녀를 많이 사랑했다. 그런데 그녀가 미국 놈들, 호세 마리노 그리고 파출소 소장의 손에 죽었다니!... 어느 순간 시굴자가 흐느끼기 시작하였다.

　밖에는 바람이 불기 시작하였다. 마치 닥쳐올 광풍(狂風)을 넌지시 알리기라도 하듯...

• 뜻풀이 •

- 가정법원 판사 : 출생, 혼인, 사망 신고 같은 민원 처리가 주 업무이었고 사소한 분쟁만 중재하였다. 사법기관이라기보다 행정기관 성격이 짙었다. 그래서 전문적 법률 지식이 없어도 이 '법원'의 '판사'가 될 수 있었다.

- 감독관 : 에스빠냐 국왕의 칙명으로 라틴아메리카 원주민을 보호하며 카톨릭 교육을 하고 부역과 세금을 부과하는 업무를 수행하던 사람. 그러나 권한의 남용으로 원주민들은 노동착취, 고유문화 파괴, 인구 감소, 경제적 의존 같은 피해를 보았다.

- 겨자탕 : 미지근한 물에 겨잣가루를 녹인 다음 족욕 또는 반신욕을 한다. 남아메리카 원주민 민간요법에 따르면 겨자에는 근육 통증을 완화하고 땀구멍을 확장 시키는 효능이 있다고 한다.

- 그라시엘라 : '로사다'라고 불리는 여자의 본이름.

- 까냐 : 사탕수수로 빚은 술.

- 꼬까 : 안데스산맥 지대에서 고산병을 예방하는 데 꼬까(coca)차를 마시거나 잎을 포갠 다음 말아서 어금니 사이에 끼우고 침을 삼키는 방법이 있다. 페루와 볼리비아 광산에서 원주민들이 이렇게 폐소공포증, 목마름 그리고 배고픔을 견디었다고 한다.
- 꼴까 : 페루의 까이요마주(州)에 있으며 끼빌까와 약 400킬로미터 거리에 있다. 과거에 은광이 발견되어 채굴업이 왕성했다.
- 꾸스꼬 : 페루의 남동쪽 지방. 잉카 문명의 본거지이며 세계 문화 유적지 마추픽추가 있는 곳이다. 해발 최저 532미터에서 최고 6,372미터까지 다다른다.
- 끄리오죠 : 중남아메리카 대륙에서 태어난 순 유럽인 후손.
- 돈 don : 남자를 부를 때 씨(氏)보다 더 격을 갖춘 존칭.
- 따이따 : 과거 남아메리카에서 어린아이가 아버지나 할아버지를 부를 때 또는 서민이 지역 유지를 부를 때 사용하던 경칭.
- 라우다눔 : laudanum. 아편을 백포도주, 계피, 사프란 등등과 섞어서 만든 알코올음료. 19세기에 진통제, 수면제, 진정제 그리고 기침을 억제하는 용도로 널리 사용되었다.
- 러시아에서 노동자와 농민이 들고일어났다 : 1917년 2월에 발생하여 차르 체제를 무너뜨린 혁명을 두고 말한다.
- 럼 : rum주(酒).
- 레알 : 1863년까지 페루의 화폐 명칭. 본문의 시간적 배경에는 '솔'

이라는 화폐 명칭이 사용되었다. 그럼에도 일상에서는 옛날 명칭을 계속 사용하기도 하였다.

- 로꼬또 : 학명은 Capsicum pubescens 이며 우리말로는 '털고추'로 알려져 있다. 모양은 피망과 유사한데 고추처럼 맵다.

- 로사다 : '분홍색을 띤'이라는 뜻인데 본문에서는 젊은 여자의 몸 특정 부위의 색깔을 암시하는 비속어이다.

- 리마 (Lima) : 페루의 수도.

- 마라논강(江) : 아마존강의 주요 지류. 페루의 수도 리마의 북동쪽 약 160킬로미터 지역에서 발원하여 해발 3,650미터 고원을 지나 안데스산맥 계곡을 흘러 아마존강에 합류한다.

- 마리네라 : 칠레, 페루, 에콰도르의 춤. 지역에 따라 복장, 춤의 템포와 유형에 차이가 있지만, 근본적으로 치마 차림의 여자가 흰 손수건을 흔들며 우아한 몸짓으로 남자를 유혹하는 춤이다.

- 몰리엔도 : 페루-칠레 국경에서 북쪽으로 약 270킬로미터에 있는 태평양 해안 도시 (해발 27미터). 꼴까 지역(해발 4,000미터)에서 남서쪽으로 약 330킬로미터 거리에 있다.

- 미스터 : 영어의 mister. 과거 중남아메리카에 이주한 백인들은 우월주의에 혈안이 되었다. 예를 들어, 원주민이 자기를 부를 때 madame, mademoiselle, monsieur, lady, mister, patrón (에스빠냐어로 '주인님'이라는 뜻) 같은 경칭을 사용하게 하였다. 현지인

상류층도 다른 사람에게 이런 경칭을 은근히 강요하여 계급 차별을 부추겼다. 서민들은 이런 경칭을 상대방에게 아부하거나 이방인이라는 사실을 강조하는 말맛으로 사용하였다.

- 박사 : 중남아메리카에서 법조인에게 '박사님'이라고 부르는 관행이 있다. 이는 법대 졸업장에 법학박사 학위를 수여한다는 문구가 실렸던 역사적인 배경이 있다.

- 번개 약 : GHB (γ-hydroxybutyrate 감마 히드록시부티르산). '물뽕'(물 같은 히로뽕)으로 알려진 마약류의 일종.

- 복녀 : 카톨릭 교회가 시복(諡福, 복자로 추대함)을 통해 신자의 공경 대상으로 공식 선포한 여자.

- 부(副)대장 : 본문에서는 지역의 치안과 수비 임무를 겸하는 지역 수비대 같은 조직의 제2인자를 뜻한다. 경찰 업무 그리고 군의 업무와 겹치는 부분이 있다.

- 비꾸냐, 구아나꼬 : 야마처럼 낙타과 동물. 셋 중 몸집이 가장 큰 야마는 원주민이 운반수단으로 키우지만, 비꾸냐와 구아나꼬는 야생이다. 비꾸냐가 몸집이 가장 작고 털과 가죽이 값지다.

- 본초 : 과거 남아메리카의 소몰이꾼이 걸치고 다니던 다용도 모포. 비 올 때는 비옷으로, 추울 때는 외투로, 야외 취침 때는 이부자리로 사용하였다.

- 삐스꼬 : 발효된 포도즙을 증류하여 만든 술.

- 셀룰로이드 : 과거에 셔츠 소맷부리에 셀룰로이드를 사용하였다.
- 솔 : 원래 '솔 데 오로 (Sol de Oro)'인 페루 화폐 명칭. 1863년부터 1985년까지 사용되었다.
- 스마일 : Samuel Smile (1812-1904) 스코틀랜드 작가. 그의 작품 Self-Help (자조, 自助)는 성공학의 고전으로 꼽힌다.
- 야나꼰족 : 페루의 안데스산맥 지역 원주민 부족. 식민지 시절 에스빠냐 사람들은 이들을 노비 또는 몸종으로 부렸다.
- 양키 : 영어의 yankee. 남아메리카에서 미국인을 낮잡아 이르는 말로 사용된다.
- 에나멜 가죽 구두 : 당시 상류층 차림새의 일부이었다.
- 엘 꼬메르시오 : El Comercio. 1839년에 첫 출간한 페루에서 가장 오랜 역사를 지닌 신문.
- 옛날 국도 : 에스빠냐 식민지 시절 왕의 칙명으로 만든 길.
- 오까 : 학명이 oxalis tuberosa. 괭이밥속과 식물이며 덩이줄기를 먹을 수 있다. 아메리카 대륙 발견 전부터 안데스산맥의 아이마라족(族)과 케추아족(族)이 재배하였다.
- 오주꼬 : 학명은 ullucus tuberosus. 안데스산맥에 서식하는 뿌리식물이며 고구마 다음으로 원주민의 양식이기도 하였다.
- 옷깃 : 과거에 셔츠 옷깃을 탈착할 수 있었다. 그래서 '옷깃이 있는 셔츠'는 본문에서 최신 유행 셔츠임을 뜻한다.

- 우미따 : 페루, 볼리비아, 칠레, 아르헨티나 북부 지역의 전통 요리. 옥수숫가루를 바탕으로 만든 반죽에 양파, 마늘, 고추, 우유, 치즈, 바질 등의 재료를 섞어 채운 다음 옥수수 껍질로 감싸 증기에 찌거나 화덕에 굽거나 튀겨서도 요리한다.

- 윌슨 : Thomas Woodrow Wilson (1856-1924) 미국 제28대 대통령 (1913-1921).

- 유칼리 차(茶) : 남아메리카 원주민의 민간요법에서 이 차를 마시거나 김을 들이쉬기도 한다. 유칼리에는 기관지 확장 효능이 있다고 한다.

- 전쟁 : 본문에서는 세계 1차 대전을 뜻한다.

- 주(州) 담당 의사 : 남아메리카에서는 전국에서 의료 행위를 할 수 있는 자격증과 특정 지역에서만 유효한 자격증을 주는 국가가 있다. 이는 의료 행위뿐만 아니라 여러 분야에서 적용된다. 도시 경찰, 지방경찰 그리고 연방경찰이 있고 서로 관할을 엄격하게 준수하는 현실이 좋은 보기이다.

- 집계원 : 과거 십일조를 산출하는 데 필요한 수확량을 기록하던 최하위급 공무원.

- 찬까까 : 사탕수수즙을 거의 고체가 될 때까지 끓여서 원형 뿔이나 작은 정육면체 모양으로 건조한 음식물. 주로 디저트를 만들거나 차를 끓일 때 사용한다.

- 촐로 : 중남아메리카에서 원주민이나 메스띠소(유럽인과 원주민 사이

에 태어난 사람) 또는 그들의 사회, 문화적 정체성을 일컫는 낱말인데, 차별, 비하하는 느낌이 짙고 객관적인 뜻으로 사용할 때와의 경계가 모호해서 사용하기 매우 조심스럽다.

- 촐리또 : '촐로'의 지소사.

- 치차 : 설탕물에 강냉이를 발효하여 만든 술.

- 친자노 : 이탈리아 토리노 지역에서 허브 가게를 운영하던 친자노(Cinzano) 가문이 1757년에 개발한 붉은 색 베르무트.

- 케렌스키 : Kerenskii, Aleksandr Fyodorovich (1881~1970). 1917년 2월 러시아 혁명 후 임시 정부의 수상 겸 총사령관. 같은 해 10월 레닌의 혁명으로 실각하고 1918년 미국으로 망명하였다.

- 트리하우스 : 나무 위에 지은 오두막.